ROSA MONTERO

Amantes y enemigos

Cuentos de parejas

punto de lectura

© 1998, Rosa Montero
© 1998, de la edición de Grupo Santillana de Ediciones, S.A.
© De esta edición: mayo 2000, Suma de letras, S.L.

ISBN: 84-95501-14-7
Depósito legal: B-8034-2001
Impreso en España – Printed in Spain

Portada: BRUMA
Diseño de colección: Ignacio Ballesteros

Impreso por Litografía Rosés, S. A.

Segunda edición: septiembre 2000
Tercera edición: octubre 2000
Cuarta edición: noviembre 2000
Quinta edición: enero 2001

ROSA MONTERO

Amantes y enemigos

Cuentos de parejas

Índice

Una pequeña explicación

Aunque como lectora soy una gran aficionada a los volúmenes de cuentos, creo que como escritora prefiero hacer novelas. Y las prefiero porque son más grandes y más anchas, porque te ofrecen más lugar para la aventura, porque suponen un largo e incierto viaje al mundo fabuloso de lo imaginado. Y en ese vasto territorio cabe todo.

Por eso, porque mis esfuerzos narrativos se han centrado más en la novela, es por lo que no he sacado jamás un volumen de cuentos, pese a llevar casi veinte años publicando; sin embargo, con el tiempo he ido haciendo unos pocos, y a estas alturas ya he reunido un puñado. También con el tiempo he aprendido que estas ficciones cortas poseen curiosas propiedades para quien las escribe. Por ejemplo, te ayudan a salir de bloqueos creativos, a recuperar la escurridiza vitalidad de las palabras; y además pueden ser una especie de exploradores narrativos, un globo sonda lanzado hacia un nuevo campo de expresión. Y así, hay cuentos que escribí creyendo que se acababan en sí mismos y que volvieron a aparecer mucho después transmutados o desarrollados en ficciones más largas: como "Paulo

Pumilio", cuyos ingredientes retomé once años más tarde para mi novela *Bella y oscura*.

Pero lo más curioso es que la mayoría de mis relatos (no así mis novelas) tratan de parejas: esto es algo que yo no busqué conscientemente, y de hecho me he dado cuenta de ello hace muy poco. Esas parejas son a veces extrañas y poco convencionales, y en otras ocasiones son un emblema de la más ortodoxa conyugalidad; pero todas las historias hablan en definitiva de la necesidad del otro. Esto es, hablan de amor y desamor, de obsesión y venganza, de pasión o rutina entre hombres y mujeres, hombres y hombres, padres e hijos, humanos y monstruos.

Sorprendida ante semejante unidad temática entre cuentos escritos tan espaciadamente, pensé que estaría bien hacer una pequeña selección y publicarlos juntos: y este libro es el resultado de esa idea. Los relatos vienen presentados en un orden más o menos cronológico; el primero y más antiguo, "Paulo Pumilio", es de 1981, y salió en el volumen colectivo *Doce relatos de mujer*, compilado por Ymelda Navajo. Después está "Alma caníbal", publicado en el diario *El País* en 1986; y luego "La vida fácil", que en realidad formaba parte de una novela que nunca terminé. Debí de escribirlo alrededor de 1986, y vio la luz en una antología de la revista *Litoral*.

"Noche de Reyes" salió en *El País Semanal* en unas navidades: quizá las de 1988. Más tarde, entre 1990 y 1994, escribí en el mismo suplemento de *El País* decenas de cuentos cortísimos: tenía que encajarlos en las estrecheces de una sola página (poco más de tres folios), y supusieron para mí un estupendo ejercicio narrativo. He incluido siete de ellos en este volumen: "La otra", "El reencuentro", "La gloria de los feos", "Mi hombre", "El monstruo del lago", "Carne quemada" y "Retrato de familia".

"Parece tan dulce" nació en 1993 a raíz de una petición de mi agente, Carmen Balcells, y ha salido impreso en diversas revistas. *El País Semanal* publicó "El puñal en la garganta" en el verano de 1994, y "Tarde en la noche" en el verano de 1995. Por último, este libro incluye cinco relatos nuevos, todos ellos redactados entre el otoño de 1995 y finales de 1997. "Las bodas de plata" es un cuento ligero que resultó divertido escribir. "Un viaje a Vetusta" nació a instancias de Miguel Munárriz, organizador de los conocidos Encuentros Literarios de Oviedo. En los Encuentros de 1996, Munárriz y el escritor José Manuel Fajardo propusieron a varios autores (Bernardo Atxaga, Luis Sepúlveda, Manuel Rivas y yo) que hiciéramos cada uno un relato titulado "Un viaje a Vetusta", comenzando todos por la misma frase: "Aquel viaje sólo empezó a tener sentido ante la visión de las piedras que se amontonaban a las espaldas de la catedral". En realidad este cuento no es estrictamente inédito, puesto que se leyó en público en Oviedo y apareció en el precioso volumen anual que recoge las actas de los Encuentros.

El relato "Él" trata sobre la identidad, un tema que me obsesiona desde hace algún tiempo. "Los besos de un amigo" es la historia de un desencuentro. La colección se cierra con "Amor ciego", un cuento bastante turbio que está entre mis preferidos: y creo que su frase final puede servir como resumen de todo el libro.

Rosa Montero

Paulo Pumilio

Soy plenamente consciente, al iniciar la escritura de estos folios, de que mis contemporáneos no sabrán comprenderme. Entre mis múltiples desgracias se cuenta la de la inoportunidad con que nací: vine al mundo demasiado pronto o demasiado tarde. En cualquier caso, fuera de mi época. Pasarán muchos años antes de que los lectores de esta confesión sean capaces de entender mis razones, de calibrar mi desarrollada sensibilidad amén de la grandeza épica de mis actos. Corren tiempos banales y chatos en los que no hay lugar para epopeyas. Me llaman criminal, me tachan de loco y de degenerado. Y, sin embargo, yo sé bien que todo lo que hice fue equitativo, digno y razonable. Sé que ustedes no me van a comprender, digo, y aun así escribo. Cuando la revista de sucesos *El asesino anda suelto* me propuso publicar el relato de mi historia, acepté el encargo de inmediato. Escribo, pues, para la posteridad, destino fatal de las obras de los genios. Escribo desde este encierro carcelario para no olvidarme de mí mismo.

Pero empezaré por el principio: me llamo Pablo Torres y debo de estar cumpliendo los cuarenta y dos, semana más o menos. De mi infancia poco hay que decir, a no ser que mi verdadera madre tampoco supo comprenderme y me abandonó, de tiernos meses, a la puerta de un cuartelillo de la Guardia Civil, con mi nombre escrito en un retazo de papel higiénico prendido en la pechera. Me supongo nacido en Madrid, o al menos el cuartelillo de esta ciudad era, y de cualquier manera yo me siento capitalino y gato por los cuatro costados. Un guardia me acogió, mi seudopadre, el cabo Mateo, viejo, casado y sin hijos, y pasé mi niñez en la casa cuartel, dando muestras desde muy chico de mi precocidad: a los cinco años sabíame de memoria las Ordenanzas y acostumbraba a asistir a ejercicios y relevos, ejecutando a la perfección todos los movimientos con un fusil de madera que yo mismo ingenié del palo de una escoba. Amamantado —o, por mejor decir, embiberonado— en un ambiente de pundonor castrense, cifré mis anhelos desde siempre en un futuro de histórica grandeza: quería entrar en el Benemérito Cuerpo y hacer una carrera brillantemente heroica. Los aires marciales me enardecían y el melancólico gemido de la trompeta, al arriar bandera en el atardecer, solía conturbarme hasta las lágrimas con la intuición de gestas y glorias venideras, provocándome una imprecisa —y para mí entonces incomprensible— nostalgia de un pasado que aún no había vivido, y una transida admiración por todos esos gallardos jóvenes de ennoblecidos uniformes.

Con la pubertad, empero, llegaron las primeras amarguras, los primeros encontronazos con esta sociedad actual, tan ciega y miserable que no sabe comprender la talla verdadera de los hombres: cuando quise entrar en el Cuerpo, descubrí que se me excluía injustamente del servicio.

Supongo que no tengo más remedio que hablar aquí de mi apariencia física, aunque muchos de ustedes la conozcan, tras la triste celebridad del juicio que se me hizo y el morboso hincapié que los periódicos pusieron en la configuración de mi persona. Sin embargo, creo que debo puntualizar con energía unos cuantos pormenores que a mi modo de ver fueron y son tergiversados por la prensa. No soy enano. Cierto es que soy un varón bajo: mido 88 centímetros a pie descalzo y sobre los 90 con zapatos. Pero mi cuerpo está perfectamente construido, y, si se me permite decir, mis hechuras son a la vez delicadas y atléticas: la cabeza pequeña, braquicéfala y primorosa, el cuello robusto pero esbelto, los hombros anchos, los brazos nervudos, el talle ágil. Tan sólo mis piernas son algo defectuosas; soy flojo de remos, un poco estevado y patituerto, y fue esta peculiar malformación, supongo, lo que amilanó a mi verdadera madre —los dioses la hayan perdonado— influyendo en mi abandono, puesto que fui patojo desde siempre, aun siendo yo un infante. Eso sí, una vez vestido, el ángulo de mis piernas no se observa, y puedo asegurarles que mi apostura es garrida y apolínea.

Pero hay otra especie, de entre los venenos vertidos por la prensa, que se presta a confusión y que quisiera muy mucho aclarar: es verdad que todos me conocen por El Chepa. No se llamen ustedes a engaño, sin embargo: mi espalda está virgen de joroba alguna, mi espalda es tersa y lisa como membrana de tambor, tendida entre los bastidores de las paletillas, y, por no tener, ni tan siquiera tengo ese espeso morrillo que poseen algunos hombres bastos y fornidos, quizá muchos de ustedes, dicho sea sin ánimo de ofender ni señalar. Mi sobrenombre es para mí un orgullo, y como tal lo expongo. Cierto es que siendo joven y de cuitada inocencia, hube de soportar a veces motes enojosos: me llamaban El Enano, Menudillo, El Seta o El Poquito. Pero una vez que alcancé la edad viril y la plenitud de mis conocimientos y mi fuerza, no volvieron a atreverse a decir tales agravios. Y ¡ay de aquel que osara pretenderlo!: soy hombre pacífico, pero tengo clara conciencia de lo digno y coraje suficiente como para mantenerla. Fue mi amado Gran Alí quien me bautizó como Chepa, y comprendí que era una galante antífrasis que resaltaba lo erguido de mi porte, era un mote que aludía precisamente a la perfección de mis espaldas. Nunca hubiera permitido, ténganlo por seguro, un apelativo que fuera ofensivo para mi persona. Chepa es laudatorio, como acabo de explicar, y por ello lo uso honrosamente.

Las desgracias nunca vienen solas, como reza el proverbio, y así, mi rechazo formal para el ingreso en la Benemérita fue seguido a poco por la muerte de mi padrastro, aquejado de melancolía. Unos meses antes había fallecido mi pobre madrastra de cólicos estivales y el cabo Mateo pareció no saber sobrevivirla. Así, con apenas dieciocho años en mi haber, me encontré solo en el mundo, reincidentemente huérfano y sin hogar ni valer, ya que hube de abandonar la casa cuartel. El comandante del puesto, empero, pareció compadecerse de mi triste sino, y me buscó oficio y acomodo con el padre Tulledo, que regentaba la parroquia cercana y que había sido capellán castrense en los avatares de la guerra civil. Con él viví cerca de diez años desempeñando las labores de sacristanía, diez años que fueron fundamentales en mi vida y formación. El padre Tulledo me educó en lenguas clásicas, ética, lógica y teología, y gracias a él soy todo lo que soy. Pese a ello nunca pude llegar a apreciarle realmente, los dioses me perdonen. El padre Tulledo era un hombre soplado y alámbrico, un transfigurista con propensión al éxtasis, de mirar desquiciado y tartajeo nervioso. Me irritaba sobremanera la burda broma que solía repetir: "La Misericordia de Dios ha unido a un Tulledo con un tullido, hijo mío, para que cantemos Su Grandeza", como si mi cuerpo estuviera malformado y retorcido. Otrosí me desalentaba su empeño en vestirme siempre con las ajadas gualdrapas de los monaguillos, para ahorrar el gasto de mis ropas; y más de una beata legañosa y amiopada me tomó alguna vez por un niño al verme así ataviado, dirigiéndose a mí con tal falta de respeto —"eh, chaval, chico, pequeño"— a mis años y condición, que la indignación y el despecho me cegaban.

Sea como fuere, también le llegó la hora al padre Tulledo, y un traicionero ataque cardíaco le hizo desplomarse un día, como huesuda marioneta de hilos cortados, sobre el tazón del chocolate de las siete. Vime de nuevo solo y sin hogar, con el único e inapreciable tesoro de un libro que me dejó en herencia el padre, una traducción de las *Vidas paralelas*, de Plutarco, de la colección Clásica Lucero, edición noble y en piel del año 1942, con un prólogo escrito por el padre Tulledo en el que resaltaba el paralelismo entre las gloriosas gestas bélicas narradas por Plutarco y las heroicidades de nuestra Cruzada Nacional. Y debo decir aquí que, con ser este libro mi sola posesión, con él me sentía y me siento millonario, puesto que desde entonces ha sido mi guía ético y humano, mi misal de cabecera, el norte de mi vida.

Les ahorraré, porque no viene a cuento ni a lugar, el relato de aquellos dos primeros años en busca de trabajo. Básteme decir que sufrí de hambrunas y de fríos, que malviví en tristes cochiqueras y que mis lágrimas mojaron más de un atardecer: no me avergüenzo de ello, también los héroes lloran, también lloró Aquiles la muerte de Patroclo. Al cabo, cumpliendo la treintena, fui a caer, no me pregunten cómo, en el reducto miserable del Jawai, y conocí al bien amado

Gran Alí y a la grotesca Asunción, para mi gloria y desgracia.

El Jawai era un club nocturno raído y maloliente, enclavado en una callejuela cercana a Lavapiés. Un semisótano destartalado decorado con ínfulas polinésicas, con palmeras de cartón piedra de polvorientas hojas de papel, y dibujos de indígenas por las paredes, unas barrosas y deformes criaturas de color chocolate y faldellín de paja. El dueño, el malnombrado Pepín Fernández, era un cincuentón de lívida gordura que se pintaba cabellos y mejillas, hombre de tan mentecata y modorra necedad que, cuando al llegar al club le avisé cortésmente de que Hawai se escribía con hache y no con jota, juntó sus amorcilladas manos en gesto de pía compunción y contestó con chirriante voz de hidropésico: "Qué le vamos a hacer, Chepa, resignación cristiana, resignación, las letras del luminoso me han costado carísimas y ya no lo puedo arreglar, además, yo creo que la gente no se percata de la confuscación". Pepín daba a entender que era hijo de un sacerdote rural, y puede que su vocación viniera de tal progenitor sacramentado, puesto que su máxima ambición, según decía, era devenir santo y ser subido a los altares. Por ello, Pepín hablaba con melosidad curil y, para mortificarse, siendo abstemio y feble como era, solía beber de un trago copas rebosantes de cazalla, con las que lagrimeaba de ardor estomacal y náuseas, ofreciendo el etílico sacrificio por su salvación eterna.

Acostumbraba á pasar los días en el chiscón que servía de taquilla y guardarropa, encajando sus flatulencias y sus carnes en la estrecha pecera de luz de neón, y ahí apuraba el cilicio de sus vasos de aguardiente, melindroso, y se santiguaba con profusión antes de cada pase de espectáculos. Porque el Jawai tenía espectáculo: bayaderas tísicas y cuarteronas que bailaban la danza del vientre fláccido, cantantes sordos que masacraban roncamente tonadas populares, y, como fin de fiesta y broche de oro, el hermoso Gran Alí. Las bailarinas cambiaban con frecuencia aunque todas parecieran ser el mismo hueso, pero el Gran Alí tenía contrato fijo y permanecía siempre anclado en el Jawai, desperdiciando su arte y su saber. Porque el Gran Alí era mago, un prestidigitador magnífico, un preciso y sutil profesional. Inventaba pañuelos multicolores del vacío, sacaba conejos de la manga, atravesaba a Asunción con espadas y puñales: era lo más cercano a un dios que he conocido. Parecía de estirpe divina, ciertamente, cuando salía a escena, refulgiendo bajo los focos con los brillos de su atavío mozárabe. Era más o menos de mi misma edad y poseía una apostura de gracia irresistible, el cuerpo esbelto y ceñido de carnes prietas, el mirar sombrío y soñador, la nariz griega, la barbilla rubricando en firme trazo una boca jugosa y suave, y su tez era un milagro de tostada seda mate. Comprendo que Asunción le amara con esa pasión abyecta, pero no se me alcanza el porqué del

20

empeño de Alí en continuar con ella, con esa mujerona de contornos estallados, caballuna, con gigantes senos pendulares, de boca tan mezquina y torcida como su propia mente de mosquito. Alí, en cambio, tenía toda la digna fragancia de un príncipe oriental, de un rey de reyes. No era moro Alí, sino español, nacido en Algeciras y llamado Juan en el bautismo; pero todos le conocíamos como el Gran Alí, en parte porque prefería reservar su verdadero nombre como prevención ante conflictos policiales, pero sobre todo porque en verdad era grande y portentoso.

He de detener aquí un instante el hilo de mi historia y volver los ojos de nuevo hacia mí, con su licencia, por mor de la perfecta comprensión de lo que narro. Descubrí mi homosexualidad años ha; ustedes saben de ella por la prensa. Quisiera aprovechar esta ocasión, sin embargo, para intentar hacerles comprender que la homosexualidad no es la mariconería que ustedes condenan y suponen torpemente. Homosexuales eran, en el mundo clásico, todos los héroes, los genios y los santos. Homosexual era Platón, y Sócrates, y Arquímedes, y Pericles. La homosexualidad es un resultado natural de la extrema sensibilidad y delicadeza. Se puede ser homosexual y heroico, homosexual y porfiado luchador. Como Alcibíades, el gran general cuya biografía narra Plutarco. Como los trescientos legendarios héroes que formaban la Cohorte Sagrada de Tebas, una cohorte imbatible que basaba su fuerza en estar compuesta por amados y amadores, por enamoradas parejas de guerreros que luchaban espalda contra espalda y que redoblaban sus esfuerzos en combate para defender a su adorado compañero. Ah, si yo hubiera nacido en aquel entonces, en aquella era de gigantes, en aquella época dorada de la humanidad. Yo hubiera sido uno más de aquellos gigantes de mítica nobleza, porque el mundo clásico medía a los hombres por su grandeza interior, por su talla espiritual, y no por accidentes y prejuicios como ahora. Hogaño soy el pobre Chepa, condenado a cadena perpetua por haber cometido el razonable delito de matar a quien debía morir. Antaño hubiera sido un guerrero de la legendaria Cohorte Sagrada. Mi estatura me convertiría en invencible, repartiría fieros mandobles entre los enemigos rebanándoles el aliento a la altura de las rodillas, segándoles la vida por las piernas, porque en aquel entonces las armaduras no solían cubrir bien las extremidades inferiores y las canillas de mis oponentes se me ofrecerían inermes y fáciles ante el hierro justiciero de mi espada. Quizá hubiera llegado a ser un general romano, un triunfador cónsul pacificador de las provincias bárbaras, y Plutarco me incluiría entre sus áureas biografías: Paulus Turris Pumilio, cuatro veces cónsul imperial. Porque, como ustedes saben —aunque, pensándolo bien, temo fundamente que no lo sepan— la palabra *pumilio* significa en latín "hombre pequeño", puesto que los romanos solían denominarse con un nombre de referencia a su apariencia física, un mote que era sólo descriptivo y nunca ofensivo, tal era su grandeza de ánimo. Y así, el apodo del gran Claudio significaba "cojo", y el del feroz Sila quería decir "cara bermeja", y el del ilustre Pumilio expresa mi talla menuda pero grácil. Yo hubiera sido un héroe, pues, y hubiera amado a héroes; la homosexualidad en el mundo clásico era natural y comprensible, porque, ¿qué mejor y más merecedor objeto de pasión podía hallarse que aquellos luchadores portentosos? Pues del mismo modo amaba yo a mi muy hermoso Gran Alí. Pido licencia para hacer una puntualización más y termino con estas fatigosas referencias personales. Poco después de descubrir mi ática tendencia amorosa, mi fe religiosa experimentó cierto quebranto. Hoy puedo considerarme un cínico creyente o un ateo crédulo; padezco el suave y resignado escepticismo de todo buen teólogo; en esto estoy más cerca de Séneca que de Lucrecio. Pero baste esto en cuanto a mí: debo apresurar mi narración, puesto que la revista sólo me ha concedido veinte folios y he de comprimir en ellos toda mi vida y mi dolor.

Ello es que pasé a formar parte de la mísera familia del Jawai. El dueño, Asunción, Alí y yo vivíamos sobre el local, en una vieja y sombría casa de mil puertas e interminables corredores. Pienso que el grueso Pepín de carnes pecadoras estaba enamorado de Asunción, que la quería con reprimido deseo de loco santurrón en una de esas aberrantes pasiones que a veces surgen entre seres desdichados como ellos, y supongo que de ahí nacieron las prebendas de que disfrutábamos. A mí, sin embargo, me había contratado el Gran Alí, y ataviado de esclavo oriental colaboraba en su número, y fuera del escenario le servía de ayuda de cámara, de fiel secretario y compañero. Alí era sobrio en el decir y en los afectos, tenía un talante estoico, duro y bien templado al fuego de la vida, y eso le hacía, si cabe, aún más admirable. Todo el mundo le temía y respetaba, y era digno de verse cómo Pepín sacudía sus mofletes de terror ante la fría furia de Alí, o cómo Asun gemía puercamente implorándole mimos o perdones. Pero Alí era tan implacable como debe serlo todo héroe, porque los héroes no saben disculpar las flaquezas humanas en las que ellos no incurren: la misericordia no es más que el medroso refugio de los débiles, que perdonan sólo para asegurarse de que serán perdonados a su vez. He de decir que Alí me señaló la espalda varias veces con su correa, y siempre con motivo suficiente, o bien porque vertía un plato al servirle la comida, o bien porque me distraía en atender sus demandas sobre el escenario, o porque no sabía comprender su estado de ánimo. Sus castigos, bien lo sé, me curtieron y limaron de blanduras. Sus castigos eran sobrias lecciones de entereza, porque Alí repartía justa sabiduría con la punta de su correa de cuero, lo mismo que Licurgo supo batir el hierro de sus espartanos hasta convertirlo en acero con la ayuda de la dureza de sus leyes. Teníame en buen aprecio Alí, porque nunca escurrí el bulto a sus castigos ni salió de mi boca queja alguna, aun cuando me golpeara con el bronce de la hebilla; y ni tan siquiera grité aquella vez que rompí por pura torpeza el cristal de la bola levitadora y Alí me quebró el espinazo a palos. Más de tres semanas estuve en un suspiro, baldado y encogido en el jergón, y al atardecer Asunción venía a darme la comida, y se acurrucaba a los pies de la cama, hecha un ovillo de carnes y arrugas, y me miraba con sus ojos vacunos y vacíos, y exhalaba blandos quejidos de debilidad impúdica. Su conmiseración por mí me daba náuseas y hube de llamarle la atención: "Eres una ingrata", le dije, "no comprendes nada, no sabes merecerle", y ella lo único que hacía en respuesta a mis palabras era arreciar en gimoteos y retorcerse los dedos de las manos. Asunción era un residuo humano deleznable.

Alí solía desaparecer de vez en cuando. Se marchaba al final de la función y no volvía a saberse de él en dos o tres días. Pepín admitía sus escapadas de gran amo en busca de horizontes más propicios, y Asunción le lloraba pálida y descompuesta por las noches. Regresaba Alí trayendo un olor a hazaña y riesgo prendido en los cabellos, los ojos tenebrosos, el tinte de su tez más vivaz, la piel bruñida y tensa sobre la delicada agudeza de sus pómulos. La experiencia me enseñó que ésos eran sus momentos dolorosos, los instantes en los que vivía el drama de su destino heroico. Yo solía acurrucarme a su lado en silencio, recibía algún pescozón o puntapié como desfogue de su trágico barrunto de tristezas, y luego mi señor, mi bien, mi amado, acostumbraba a hacerme confidencias. "Esta vida no es vida, Chepa", decía sombrío y con la mirada preñada de presagios, "esto es un vivir de perros, yo me merezco otra suerte". Sacaba entonces su navaja cabritera, la abría, pasaba un dedo pensativo por el filo de la hoja, "cualquier día haré una locura, mejor morir que vivir en este infierno", y me miraba con su divino desprecio, y añadía, "claro que tú qué sabes de esto, Chepa, tú qué sabes lo que es ser un hombre muy hombre como yo y estar condenado a pudrirse en esta miseria", y diciendo esto sus ojos echaban relumbres lunares y fosfóricos. Estaba tan bello, tan dolorosamente bello en su ira de titán acorralado...

En una ocasión tardó más de tres semanas en volver, y cuando lo hizo encontró que Pepín había contratado a un transformista para fin de fiesta. Yo le vi llegar, el espectáculo estaba a la mitad y el travestí bailoteaba en el tablado con paso incierto sobre sus zapatones de tacón de aguja. Sentí un repentino frío en la nuca y miré hacia atrás: allí estaba Alí, como un semidiós de espigada y ominosa mancha, una sombra apoyada junto a la cortina de la entrada. Observé cómo Pepín se agitaba en gelatinosas trepidaciones de pavor, y cómo intentaba hundirse en el escaso hueco del chiscón y parapetarse bajo el mostrador. Alí, sin embargo, no le prestó atención: vino en derechura al escenario, interrumpió el canto de sirena del descolorido travestí, le agarró del pescuezo ante el paralizado estupor de los clientes. "Tú, cabra loca", masculló, "lárgate antes de que me enfade de verdad". La criatura se retorcía entre sus manos y protestaba en falsete: "Ay, ay, bruto, más que bruto, déjame". Alí le arrancó las arracadas de las orejas, dejándole dos caminitos de sangre sobre el lóbulo, y arrojó los pendientes en dirección a la salida como marcándole el rumbo. "Aire, guapa, aire", ordenó al travestí rubricando sus palabras con unos cuantos empellones, y el malhadado salió tropezando en sus tacones, embrollándose en su huir con la desordenada fuga de los clientes de la sala.

Volvióse entonces Alí en dirección a la escalera, encaminando sus pasos hacia el piso. Yo le seguí, trotando a la vera de sus zancadas elásticas, aspirando gozosamente el aroma de mi dueño, aroma bélico de furias. Por aquel tiempo, ya debíamos de llevar unos cuatro años juntos, Asunción solía beber sin tino ni mesura, y la enconztramos postrada en la cama, sobre un amasijo de sábanas pringues y pardas que olían a sudores y a ese repugnante y secreto hedor de hembra en celo. Asunción levantó la cara y nos vio, tenía el rostro abotargado y laxo, el mirar embrutecido y sin color. "Alí...", musitó con torpe aliento, "Alí", repitió, y sus ojos se llenaron de legañosas

27

lágrimas y comenzó a dar hipidos de borracha. "Tres semanas sin saber de ti", borboteaba, "mal hombre, tres semanas, ¿dónde has ido?". Alí se quitó el cinturón con calmoso gesto, "ay, no, no, no me pegues, mi amor, no me pegues, canalla", soplaba Asunción entre sus mocos, escurriéndose al suelo en sus inestables intentos de escapar, zummmmm, sonaba la correa al cortar el aire, bamp, golpeaba secamente en sus carnes blandas y lechosas, zummmmmmm, bamp, zummmmmm, bamp, qué hermoso estaba mi señor, con la camisa entreabierta y los rizosos vellos negros vistiendo de virilidad su poderoso pecho, zummmmmm, bamp, zummmm, bamp, Asunción se retorcía, imploraba, gemía, zummmm, zummmmmm, zummmmmm, en una de sus cabriolas de dolor cayó a mis pies, su rostro estaba a pocos centímetros del mío, un rostro desencajado y envilecido de hembra avejentada. "Ay, Chepa, Chepa", me imploró, "avisa a la pasma, que me mata", su aliento ardía en aguardiente y toda ella era una peste.

Marchóse al fin Alí sin añadir palabra, y con un portazo me impidió seguirle. Quedamos solos, pues, Asunción y yo, y ella lloriqueaba con exagerada pamema, arrugada en un rincón. "Ay, ay, ay", hipaba rítmicamente, "qué vida miserable, qué desgraciadita soy, qué desgraciada", con el dorso de la mano se limpiaba la boca hinchada y sucia de sangre y mocos, "ay, ay, esto es un castigo de Dios por haber abandonado a mi hija", porque Asunción tenía una criatura perdida por el mundo que dejó a la caridad cuando unió su vida a la de Alí, "ay, ay ay, quién me mandó a mí, tan feliz que era yo con mi casita, con mi niña y mi don Carlos", recitaba una vez más su fastidiosa retahíla de pasadas grandezas, cuando ella era una adolescente hermosa —eso aseguraba ella, al menos— y amante fija de un honrado hombre de negocios de Bilbao —no hago más que repetir sus mismas palabras—, "qué veneno me dio este hombre, mala entraña", proseguía en sus lamentos, "mejor me hubiera sido quedarme muerta por un rayo el mismo primer día que le vi, mejor muerta que ser tan desgraciada". Fue entonces, y creo ser sincero en mi recuerdo, la primera vez que pensé en matarla, puesto que la muy cuitada lo pedía a voces. Fue ésa la primera vez, digo, pero andando el tiempo hube de pensarlo en repetidas ocasiones al ver cómo arrastraba su existencia de gusano, sin afán ni norte de vivir.

Releo lo que he escrito y sospecho nuevamente que ustedes no serán capaces de comprenderme y comprenderlo. Ustedes, los honestos bienpensantes, hijos del siglo de la hipocresía, suelen escandalizarse con mojigato escrúpulo ante las realidades de la vida. Me parece estar escuchando sus protestas y condenas ante la violencia desplegada por mi Alí, o su repulsa ante mi caritativo deseo de acabar con los pesares de Asunción. Ustedes, voraces fariseos, lagrimean mendaces aspavientos ante mi relato, mas pese a ello no poseen más moral que la de la codicia. Qué saben ustedes de la grandeza de Alí al imponer sus leyes justicieras: su feroz orgullo era el único valor que ordenaba nuestro mundo de ruindad. Qué saben ustedes de la equidad de mis deseos asesinos. Qué saben ustedes del honor, cuando en sus mezquinas mentes sólo hay cabida para el dinero.

Pero he de proseguir mi narración, aunque desperdicie esencias en marranos. Fue poco después de esto cuando Alí decidió que nos marcháramos a probar suerte a las Américas. Consiguió algún dinero no sé dónde para los tres pasajes en el avión y cruzamos los mares arribando en primavera a Nueva York, tras haber sido llorosamente bendecidos por el sudoroso Pepín a nuestra marcha. Permítaseme pasar con brevedad por los quince primeros meses de nuestro vagabundear por aquel país gigante, aunque fueran aquéllos, *o tempora!*, *o mores!*, los últimos momentos felices de mi vida. Diré tan sólo que allá los campos son aún más desiertos y polvorientos que en Castilla, que la miseria es si cabe aún más miserable y que Alí mostróse sosegado y amable en un principio para irse agriando con el viaje. Caímos un verano en Nashville, una ciudad plana, destartalada e inhumana como todas, y nos contrataron en un club nocturno en el que alternábamos nuestro espectáculo con mujeres encueradas que meneaban sus carnes sobre la superficie de las mesas del local. De la mezquindad del sitio baste decir que sólo era visitado por una clientela de negros y demás morralla canallita, mera carne de esclavos para los nobles de la civilización gre-corromana. Estábamos allí, agobiados por el agosto sureño, malviviendo en una caravana alquilada cuya chapa se ponía al rojo vivo con el sol. Una tarde, a la densa hora de la siesta, Alí apareció con su delicado semblante traspasado de oscuridad. Asunción estaba borracha, como siempre. Se acababa de lavar las greñas y permanecía tirada en el suelo del retrete del club, apoyada contra la pared, secándose el pelo con el aire caliente del secador de manos automático, ingenio mecánico que la admiraba sobremanera. Alí se la quedó mirando, callado y sombrío, mientras Asunción le dedicaba una sonrisa de medrosa bobería, temblona y errática. El club estaba en silencio, vacío y aún cerrado, y sólo se oía el zumbido del aparato que soplaba su aliento bochornoso en el agobio de la tarde. De vez en cuando, el secador se detenía con un salto, y Asun extendía su titubeante mano para apretar de nuevo el botón. Estaba someramente vestida con una combinación sintética, sucia y desgarrada, y por encima de la pringosa puntilla del escote se le desparramaba un seno trémulo y de color ceniza. Se mantenía en precario equilibrio contra las rotas losetas del muro, espatarrada, con las chancletas medio salidas de los pies, y el conejo amaestrado de Alí roía pacientemente la punta desmigada de felpa de una de sus zapatillas. Alí se acuclilló delante de ella y presentí que iba a suceder lo irremediable. "Tú", dijo mi dueño sacudiéndola suavemente por un hombro, "tú, atiende, ¿me escuchas?". Asunción le miraba con estrabismo de beoda y hacía burbujitas de saliva. "Estás borracha", gruñó Alí para sí mismo con desprecio y enronquecida voz, y luego calló un momento, pensativo. "Escucha", añadió al cabo, "escucha, Asun, escucha, es importante, ¿sabes cómo se hace el truco de la bola levitadora?". Asun sonreía y apretaba el botón del secador, "qué guapo eres, Alí, mi hombre", musitaba zafiamente. Alí le dio un cachete en la mejilla, una bofetada suave, de espabile, "tienes que atender a lo que te digo, Asun, me queda poco tiempo", y su voz sonaba tensa y preocupada, "¿sabes el truco de la bola? ¿Recuerdas que debes sujetar el sedal al techo?", ella cabeceaba, asintiendo a quién sabe qué, ausente. "Escucha", se impacientaba Alí, irguiéndola contra la pared, "escucha, ¿lo de los pañuelos lo sabes? Después de meterlos en la caja negra tienes que apretar el resorte del doble fondo..., ¡el resorte del doble fondo! ¡Escucha! ¿Sabes dónde está? Tienes que aprenderlo, Asun, atiende, te va a hacer falta o si no te morirás de hambre", pero ella tenía el mirar cerrado a toda posible comprensión. Alí se levantó, la contempló durante largo rato frunciendo su perfil de bronce, rascó la tripa del conejo con la punta de su pie y se marchó, sin tan siquiera mirarme, yo creo que por miedo a delatarse.

No le volvimos a ver más. Días después supe que se había ido con una de las danzonas de sobremesa, una mulata adolescente de orejas coralinas. Con pleno derecho, puesto que él lo había ganado, habíase llevado todo el dinero, y dos pequeñas joyas de Asunción, y la radio portátil, y el reloj. Pero en su magnanimidad había dejado todos sus útiles de mago, las cajas trucadas, los pañuelos de cuatro superficies. Asunción, como era previsible, reaccionó de forma abyecta. Durante días sobrenadó en lágrimas y alcohol. Lloraba por su ausencia con impúdicos lamentos y era incapaz de hilvanar dos pensamientos consecuentes. No teníamos un maldito dólar con el que comer y, para colmo de agravios, Asunción estaba preñada de dos meses, enojoso avatar que le acontecía con frecuencia: su desgastado cuerpo mantenía un furor prolífico propio de una rata. Hube de ser yo, una vez más, quien salvara aquella situación. Fui yo quien buscó a una de las chicas del club para que nos desembarazara de la grávida molestia de Asunción. Fui yo quien imploró al dueño del local para que la contratara como bailarina, y he de resaltar que fue un duro esfuerzo, puesto que Asunción estaba gruesa y espantosa y el dueño se resistía a darle empleo y al fin concedió tan sólo media paga. Fui yo quien tuvo que soportar aquellos primeros y lamentables días de Asunción, sus mosqueantes gemidos, su torpe dolor. Recuerdo la noche que debutó como danzante. El día anterior le habían incrustado un trozo de caña de bambú en el útero y había escupido el feto en la mañana, de modo que, cuando le tocó bailar, las blancuzcas carnes de Asunción estaban coloreadas de fiebre. Agitaba el culo sobre la mesa con menos gracia que un carnero —mostró unas púdicas pamplinas de doncella verdaderamente sorprendentes— y aún bailando lloriqueaba entre dientes, así que tuve que permanecer a su lado durante toda la actuación para que no desbarrara demasiado. "Eres una imbécil", le decía, "vamos a perder el trabajo, después de lo que me ha costado conseguirlo" y, gracias a mi serenidad, salvé el momento. Fui yo, en fin, quien le enseñó poco a poco todos los trucos mágicos de Alí, trucos que yo sabía a la perfección, pero que por mi escasa talla me veía impedido de representar, y conseguí que montásemos entre los dos un espectáculo más o menos aceptable. Volvió a pasárseme por la cabeza entonces la idea de matarla, al comprenderla tan desdichada y miserable, en aquellos primeros días de soledad. Pero deseché el pensamiento por pura estrategia, me aferré a la pobre Asun con la esperanza última de volver a ver a Alí algún día. Porque no he citado aquí mis penas y tormentos por decoro, pero es menester que haga una referencia a mi digno dolor ante la ausencia de mi dueño, la pérdida del sentido de mi vida, la punzante amargura que casi me condujo a la demencia; y sólo se amenguaba mi tormento con el lenitivo de imaginarle al fin libre, al fin triunfante, al fin Alí glorioso, viviendo la vida que en verdad le correspondía, una vida de héroe y de esplendor.

Proseguimos durante años nuestro recorrido por el inframundo americano, llevando nuestro espectáculo de magia por los clubes, con nuestros visados caducados, huyendo de los hurones del Departamento de Estado. Estábamos invernando en los arrabales de Chicago, atrapados por los vientos y las nieves, cuando una noche, tras la actuación, entró un mangante en el camarín. Era magro y cuarentón, escurrido de hombros, cejijunto, con un tajo violáceo atravesándole la jeta y una expresión necia pintada en las ojeras. Llegó al camarín, digo, se acercó a Asunción riendo bobamente y dijo: "Ai laiquiú", que quiere decir "me gustas" en inglés. Yo poseo profundos conocimientos de griego y de latín, y mi natural inteligencia me ayudó a hablar y entender inglés con notable rapidez. Pero mi fuerte son las lenguas clásicas y nobles, y nunca manifesté el menor interés en aprender bien ese farfullar de bárbaros que es el idioma anglosajón: más aún, llevé a gala el no aprenderlo. Por ello, mi inglés es de oído, y seguramente en la transcripción del mismo se deslizará algún pequeño error, que espero que ustedes sabrán comprender y disculpar. Decía que el rufián de la mejilla tajada le dijo a Asun "ai laiquiú" y "iú ar greit", que significa eres grande, magnífica, estupenda. Pero ella, con una cordura sorprendente, mostróse recelosa y resabiada y le echó sin miramientos del local. Regresó el tipo al día siguiente recibiendo el mismo trato, y la escena se repitió por más de una semana. Al cabo, en la visita nona, Asunción dudó, suspiró y se le quedó mirando sumida en el desaliento. El chirlado aprovechó el instante y añadió con gesto papanatas: "Ai laviú, iú ar aloun an mi tú", que significa "tú estás sola y yo también", y entonces Asunción se echó a llorar acodada en el canasto de mimbre de la ropa. El tipo se acercó a ella, acarició su pelo con una intolerable manaza de enlutadas uñas, y luego sacó de su bolsillo un pisapapeles de cristal —una bola con la estatua de la Libertad dentro que nevaba viruta de algodón al volverla del revés— y se lo ofreció a Asunción, "for iú, mai darlin". A partir de entonces fuimos de nuevo tres.

Nunca pude soportarlo. Se llamaba Ted y era un australiano ruin y zafio. En el antebrazo izquierdo tenía tatuada una serpiente que él hacía ondular y retorcerse con tensiones musculares. Ted fumaba mucho, tosía mucho y de vez en cuando escupía sangre. También fumaba opio y entonces los ojos se le achicaban y quedaba flojo y como ausente. No sabía hablar más que de su maldita guerra, "dat fáquin uor", como él decía. Aprendió a chapurrear cristiano de forma lamentable y disfrutaba mentecatamente al narrar una y otra vez su misma historia, mientras encendía un pitillo con otro, esos cigarrillos que él partía por la mitad con la burda esperanza de cuidar así sus pulmones tuberculosos. Repetía incesantemente cómo fue al Vietnam como ayudante de sonido de un equipo de la televisión americana. Cómo el equipo se volvió tras dos meses de estancia, y cómo él decidió quedarse allí, permaneciendo entre Vietnam y Camboya durante nueve años para aspirar el aroma de la guerra. "Yo no tener otra cosa mejor que hacer", explicaba Ted chupando avariciosamente sus mutilados cigarrillos, "en Vietnam tú vivir para no ser matado, ésa estar buena razón para vivir". Después vino el caer herido en el 73, el encontrarse en América de nuevo sin un maldito dólar, el que la guerra se acabara, "dous bartards finis mai uor", exclamaba indignado, esos bastardos terminaron mi guerra. Asunción le escuchaba en religioso silencio y le quería, oh, sí, fútil y casquivana, como toda mujer, fue incapaz de guardar la ausencia de su dueño, e incluso dejó de beber, o al menos de emborracharse tanto. Se me partía el corazón viendo cómo ese malandrín australiano engordaba y enlucía a ojos vistas, cómo echaba pelo de buen año, como era tratado a cuerpo de rey. Ted se dejaba mimar y dormitaba en opios y siestas abundantes. No servía ni para el trabajo ni para el mando, era incapaz de darle un bofetón a nadie. Permanecía el día entero calentándole la cama a Asunción, y luego, al regresar nosotros de la actuación del club, se incorporaba entre almohadones riéndose con regocijo de drogado, hablaba de su guerra, sacaba a pasear a la serpiente del antebrazo, pellizcaba las nalgas de Asunción con rijoso carcajeo y la llamaba "darlin, suiti, joney", entre arrebatos de tos mojada en sangre. Ted no era un hombre, era un truhán acaponado. Y ese eunuco había suplantado a mi dueño y señor, ese eunuco pretendía ser el sucesor del Gran Alí.

Sé bien que en mi condena judicial influyó notablemente el hecho de haber intentado un segundo "asesinato" —qué injusta, cruel palabra— tras la consumación del primero. ¿Cómo podría explicarles que hay personas cuya vida es tan banal que su muerte es el único gesto digno, la única hazaña dramática de toda su existencia, y que parecen vivir sólo para morir? Los dioses me ayuden, ahora que ya me aproximo al desenlace del relato, a saber encontrar la voz justa, el vocablo certero con que expresar la hondura épica de lo acaecido.

Un día decidieron volver a Madrid. Y digo decidieron, puesto que yo me resistía a abandonar esas Américas en las que sabía que debía de estar mi amor. No obstante, y tras cierto forcejeo, accedí a acompañarlos, ya que la presencia de Asunción seguía pareciéndome el último recurso posible para conectarme con Alí: siempre tuve la intuición de que mi señor volvería algún día a reclamar sus propiedades. Llegamos, pues, al Jawai, que seguía manteniendo en pie su portentoso deterioro, y Pepín nos recibió con alborozo, lagrimeo falaz de viejo senil y grandes temblores de papada. Pepín se apresuró a oficiar el sacrificio de tres copas de orujo una tras otra, dando las gracias a los cielos por nuestro buen regreso, y ni tan siquiera mencionó la ausencia del bienamado Alí, guardando un silencio infame y temeroso. Vime de nuevo instalado en mi camastrón de siempre, tras seis años de ausencia, y continué arrastrando mi desesperada vida mes tras mes, actuando en el club durante las noches, ahogándome de nostalgia en los días, recordando la apostura de mi dueño y abrasándome en el dolor de su ausencia que en ese decorado que habíamos compartido se me hacía aún más insoportable. Transcurrieron así quizá tres años en un sobrevivir cegado de atonía. Hasta que al fin sucedió todo.

El día amaneció aparentemente anodino, ni más alegre ni menos triste que otro cualquiera. La mañana debía de andar mediada, y yo me encontraba revisando el material del espectáculo, extendido sobre el carcomido tablado de madera. En ésas, escuché el susurro de una puerta al cerrarse blandamente. El local estaba vacío y oscuro, sólo dos focos iluminaban mi trabajo en el escenario. Procuré escudriñar las tinieblas más allá del círculo de luz: junto a la entrada vi un borrón indeciso, la figura de un hombre, que giró de inmediato y se dirigió hacia el piso por las escaleras interiores. No sé por qué —ciertamente por la clarividencia del amor— sospeché que esa mancha fugaz debía de ser Alí, pese a no haberle podido distinguir con precisión. El corazón se me desbocó entre las costillas, y sentí cómo el aliento se me congelaba en la nuez. Dejé los avíos de mago abandonados y corrí hacia el piso con toda la velocidad que pude imprimir a la escasez de mis piernas. Antes de entrar en la casa, sin embargo, me detuve, y quedé atisbando por la rendija de la puerta semiabierta. Al fondo estaba Asunción, desmelenada, ojimedrosa, mirando hacia un punto fijo de la habitación con gesto petrificado y carente de parpadeo. Y entonces le oí. Oí a mi dueño, a mi Alí, a mi bien amado, que hablaba desde el otro lado de la puerta, oculto para mis ojos, con voz quebrada y extraña: "Bueno, Asun, ¿no saludas a tu hombre?", decía, "¿no vienes a darme un beso, después de tantos años? Vuelvo a casa y ya no me volveré a marchar", añadía para mi gran gozo, "venga, mujer, ven a darme un beso si no quieres que te rompa los hocicos", concluía turbio y receloso. La mancha de su cuerpo cubrió la rendija, le vi de espaldas acercándose a Asun, le vi forcejear con ella, oí una sonora bofetada, un exabrupto, un gemido, Alí dio un traspié separándose de la mujer, y en la mano de Asunción brilló algo: era la bola, el pisapapeles de las nieves eternas de algodón, que siempre mantuvo un ridículo puesto de honor en la cómoda de la pared del fondo. La bola de vidrio cruzó el aire lanzada por feroz impulso. Oí un golpe seco, un quejido, luego una especie de sordo bramar, "vas a ver, puta, vas a ver quién soy yo, te vas a arrepentir de lo que has hecho", abrí un poco más la puerta, contemplé nuevamente las espaldas de Alí dirigiéndose hacia ella, en su diestra brillaba la vieja navaja cabritera y el paso de mi dueño era indeciso. Y en ese momento apareció por no sé dónde el miserable australiano, con pasmosa velocidad le sujetó el brazo armado, le propinó, ¡oh, no quisiera recordarlo!, un rodillazo en sus partes pudendas, recogió calmoso la navaja del suelo mientras observaba la figura acuclillada y retorcida de dolores de mi Alí. "Tú marchar a toda leshe", decía Ted, chulo y burlón, con el chirlo resaltando extrañamente lívido en su cara, "tú fuera o te mato, ¿sabiste?, largo, si volveré a verte aquí te mato, ¿sabiste?". Y le agarró del cogote y del cinturón de cuero —su viejo cinturón, su vara de mando, su báculo patricio— y le levantó en volandas, y apenas tuve tiempo de apartarme de la puerta, y Ted pasó ante mí sin verme y le arrojó escaleras abajo, el eunuco arrojó a mi bello héroe.

Callé, consternado ante tal subversión de valores, ante tal apocalipsis. Vi cómo el sombrío bulto de Alí se incorporaba del suelo gruñendo quedamente y cómo cojeaba hacia el estrado, hacia el frío círculo de luz. Bajé tras él chitón y cauto y me acerqué al escenario. Le llamé. "Alí, Gran Alí", dije. Y él se volvió.

Cómo podría describir el infinito dolor, la melancolía, la mordedura ardiente que me causó su imagen. Estaba grueso, dilatado, calvo. Estaba, oh dioses, convertido en un desecho de sí mismo. Me costó trabajo reconocerle bajo la máscara de su rostro abotargado e inflamado: tenía los ojos muertos, la nariz enrojecida, el cráneo pelón y descamado, y, sobre una ceja, el sangriento moretón producido por el pisapapeles asesino. Qué crueles habían sido esos ocho años de ausencia para él: le perdí siendo un dios, un guerrero, un titán, y le recuperé siendo un esclavo, un derrotado barrigudo, una condensación de sucesivas miserias. "Chepa", farfulló tambaleante, "ven aquí, Chepa, ven", añadió con aviesa mansedumbre. Me acerqué. Alí apoyaba su trastabilleo de borracho en la mesita de laca del espectáculo. "Ven, ven", insistía. Me acerqué aún más, aunque hubiera preferido ocultar las lágrimas que me cubrían las mejillas. Alí extendió una mano torpe y me agarró del cuello. Hubiera podido evitar su zarpa fácilmente y sin embargo no quise. "Tú también, Chepa, ¿tú también quieres robarme y echarme de mi casa?", su mano apretaba y apretaba y yo lloraba negando con la cabeza, porque con la garganta no podía, tan cerrada la tenía por su tenaza y por mi propia tristeza. Sus ojos, que antaño fueron secretos, zainos y metálicos, estaban inyectados en sangre, con el blanco de color amarillento. Cuando ya me sentía asfixiar aflojó la mano y me soltó. "Los voy a matar, Chepa", decía con soniquete loco, "los voy a matar, conseguiré una pipa y los lleno de plomo, yo los mato". Y entonces su cara se retorció en una convulsión de miedo, sí, miedo, miedo, mi Alí, miedo, mi dueño, miedo babeante, indigno miedo. Fue en ese momento cuando comprendí claramente mi misión, cuando supe cuál era mi deber. Sobre la mesa de laca estaban los puñales del espectáculo, extendidos en meticulosa formación, y me fue fácil coger uno. Alí seguía mascullando ebrias amenazas, mordiendo el aire con apestado aliento de bodega. Me acerqué a él y el mango del cuchillo estaba helado en la fiebre de mi mano. Alí me miró, perplejo, como descubriéndome por primera vez. Bajó sus ojos erráticos al puñal, boqueó un par de veces. Y entonces, oh tristeza, sus labios temblaron de pavor, empalideció dolorosamente y su cara se deshizo en una mueca de abyecta sumisión. "Qué haces", tartamudeó, "qué haces, Chepa, deja ese puñal, Chepa, por favor, ¿qué quieres? ¿Dinero? Te daré mucho dinero. Chepa te voy a hacer rico, Chepa, deja eso, Dios mío", había ido retrocediendo y estaba ya arrinconado contra el muro, gimiente, implorando mi perdón, sin comprenderme. Extendí el brazo y le hundí el acero en la barriga, a la altura de mis ojos y su ombligo. El cuchillo chirrió y Alí aulló con agudo lamento, y luego los dos nos quedamos mirando, sorprendidos. Retiré el arma y observé con estupor cómo la aguda punta emergía lentamente de su mango: en mi zozobra había cogido uno de los machetes trucados del espectáculo, uno que hundía la hoja en la cacha a la más mínima presión. Alí se echó a reír con carcajadas histéricas, "ay, Chepa, creí que querías matarme, era una broma, Chepa, una broma", había caído al suelo de rodillas y reía y lloraba a la vez. No perdí tiempo, pese a hallarme ofuscado y febril; retrocedí hasta la mesa, escogí la daga sarracena de feroz y real filo y corrí hacia él, ciego de lágrimas, vergüenza y amargura. La primera cuchillada le hirió aún de hinojos, se la di en el cuello, oblicua, tal como tenía medio inclinada la cabeza en sus náuseas de terror y de embriaguez. Alí gimió bajito y levantó la cara, la segunda cuchillada fue en el pecho, no gritaba, no decía nada, no se movía, se limitaba a mirarme estático, lívido, entregado, estando como estaba de rodillas le podía alcanzar mejor y en cinco o seis tajos conseguí acabarle, y cuando ya asomaba la muerte por sus ojos me pareció rescatar, allá a lo lejos, la imagen dorada y adorada de mi perdido Alí, y creí percibir, en su murmullo ensangrentado, la dignidad de la frase de César: *Tu quoque, fili mi*.

Quedé un momento tambaleante sobre su cuerpo, jadeando del esfuerzo, el puñal en la mano y todo yo cubierto de su pobre sangre. Escuché entonces un grito de trémolo en falsete y al volverme descubrí a Pepín. "Asesino, asesino", chirriaba atragantado, "socorro, socorro, policía". No sé por qué me acerqué a él con la navaja. Quizá porque Pepín había sido un innoble testigo de la degradación última de Alí, o quizá porque pensé que él merecía menos la vida que mi dueño. Pepín me miraba con la cara descompuesta en un retorcido hipo de terror. "Por Dios", farfullaba, "por Dios, señor Chepa, por la Santísima Trinidad, por el Espíritu Santo...", decía santiguándose temblorosamente, "por la

Inmaculada Concepción de la Virgen María", añadía entre pucheros, "no haga una locura, señor Chepa", era la primera vez que alguien me llamaba señor a lo largo de toda mi existencia, "no haga una locura, señor Chepa, por todos los Apóstoles y Santos", apreté suavemente la punta del cuchillo contra su desmesurada y fofa barriga, "hiiiiii", pitaba el cuitado con agudo resoplido, las grasas de su vientre cedían bajo la presión del puñal sin hacer herida, como un globo no del todo hinchado que se hunde sin estallar bajo tu dedo, *"Mater Gloriosa, Mater Amantisima, Mater Admirabilis..."*, balbuceaba Pepín con los ojos en blanco; en el cenit de su bamboleante vientre se formó un lunar de sangre en torno a la punta de la daga, eran sólo unas gotas tiñendo la camisa, el rezumar de un pequeño rasguño. Entonces me invadió una lasitud última y comprendí que todo había acabado, que mi vida no tenía ya razón de ser. Retiré el cuchillo y Pepín se derrumbó sobre el escenario con vahído de doncella. Alguien me arrebató el arma, creo que fue Ted, y lo demás ustedes ya lo saben.

Poco más me resta por añadir. Insistiré tan sólo en mi orgullo por la acción que he cometido. Mi abogado, un bienintencionado mentecato, quiso basar la causa en el alegato de defensa propia, pero yo me negué a admitir tal ignominia, que desvirtuaba la grandeza de mi gesto. Nadie supo comprenderme. Pepín clamó con obesa histeria que yo había querido asesinarle y que siempre pensó que yo era algo anormal. Asunción habló con ruin malevolencia sobre la supuesta crueldad de Alí, y en su sandez llegó a sostener con mi abogado que yo había actuado en mi defensa e incluso en la de ella: nunca la desprecié tanto como entonces. Todo el juicio fue un ensañamiento sobre el recuerdo de mi amado, una tergiversación de valores, una lamentable corruptela. Una vez más, hube de encargarme yo de poner las cosas en su sitio, y en mi intervención final desmentí a los leguleyos, hablé de mi amor y de mi orgullo y compuse, en suma, un discurso ejemplar que desafió en pureza retórica a las más brillantes alocuciones de Pericles, aunque luego fuera ferozmente distorsionado por la prensa y se me adjudicaron por él crueles calificativos de demencia. No importa. Me he resignado, como dije al principio, a saberme incomprendido. Me he resignado a saberme fuera de mi tiempo. Al acabar esta narración termino también con mi función en esta vida. Hora es ya de poner fin a tanta incongruencia.

Cuando ustedes lean esto yo ya me habré liberado de la cerrazón obtusa de esta sociedad. Mi descreimiento religioso me facilita el comprender que el suicidio puede ser un acto honroso y no un pecado. Con el adelanto que me ha dado la revista por estas memorias he conseguido que un maleante de la cárcel me facilite el medio para bien morir: en este mundo actual del que ustedes se sienten tan ridículamente satisfechos se consigue todo con dinero. El truhán que me ha vendido el veneno se empecinó al principio en proporcionarme una sobredosis de heroína: "Es lo más cómodo de encontrar", dijo, "y además se trata de una muerte fácil". Pero yo no quería fallecer en el deshonor de un alcaloide sintético, hijo de la podredumbre de este siglo. Así que, tras mucho porfiar, logré que me trajera algo de arsénico, medio gramo, suficiente para acabar con un hombre normal, más aún con mi discreta carnadura de varón menguado. Sé bien que el arsénico conlleva una agonía dolorosa, pero cuando menos es un veneno de abolengo, una ponzoña con linaje y siglos de muerte a sus espaldas. Ya que no poseo la gloriosa y socrática cicuta, al menos el arsénico dará a mi fin un aroma honroso y esforzado. Y cuando una posteridad más justa rescate mi recuerdo, podrán decir que Paulus Turris Pumilio supo escoger, al menos, una muerte de dolor y de grandeza.

Alma caníbal

La última vez que le vi, hará unas tres semanas, roncaba como un energúmeno un par de filas más atrás en el cine del barrio. Era por la noche y había poco público, así que la gente fue abandonando su proximidad a medida que aumentaba el resoplido, y cuando se encendieron las luces le descubrí en el centro de un desierto de butacas, tan desparramado en su asiento que parecía tener más de dos brazos y dos piernas, tan incrustado en su silla como si en vez de sentarse se hubiera arrojado a ella desde un quinto piso. Sus resuellos habían sido la burla general, sobre todo cuando el chico iba a besar a la chica en mitad de un campo de amapolas; era una película bastante estúpida, y sonaban los violines y un gorgoteo gutural larguísimo y húmedo de flemas que arrancó incluso una ovación. Yo no sé si es que estaba borracho; antes no bebía. Cuando se acabó la sesión, un par de viejas que estaban en el extremo de la fila le pidieron que recogiera sus muchas piernas para poder salir y le zarandearon con la punta de los dedos, como si manchara, aunque él iba, como siempre, limpio y bien vestido. Gruñó, boqueó y se removió un poco, pero no llegó a despertarse, así que las viejas tuvieron que pasar haciendo dengues por encima de sus rodillas y yo pude marcharme sin que me hubiera visto. Allí se quedó. Desconozco qué sucede en estos casos; supongo que al final llega el acomodador y echa al intruso. Era una noche fría y sin luna, de ésas en las que a veces resulta difícil, o por lo menos desalentador, encontrar el camino de regreso.

No se puede decir que haya sido un hombre fundamental en mi vida, aunque tampoco es de ésos de los que procuras hasta olvidar el nombre. Además, hace ya tiempo que no llegan a mí hombres fundamentales, cosa que ya no sé si es un fallo de ellos o un mérito mío. Cuando conocí a este tipo, en cualquier caso, yo no me encontraba en mi mejor momento. Estaba todavía en La Espiral y Chema me explotaba miserablemente: el tener por jefe a un supuesto amigo suele resultar calamitoso. Trabajaba siete días a la semana y llegaba a casa a las cuatro de la madrugada, con los pies reventando las costuras de los zapatos y el cerebro cocinándoseme en la cabeza a fuego lento, tan envuelta en olor a humo que la gata evitaba mi presencia. La Espiral se había puesto de moda por entonces y el local estaba siempre atestado. A menudo aparecían por allí viejos conocidos de mis épocas psicodélicas, cadáveres ambulantes que hubiera preferido borrar de mi recuerdo y que se acodaban en la barra, frente a mí, soltándome largas parrafadas que yo no entendía, separados como estábamos por el barullo, mi dolor de cabeza y el odio a la humanidad que me embargaba. Se comprende que llevara bastantes meses sin añorar el peso del cuerpo de un hombre.

Me despertó una mañana para preguntarme si yo sabía dónde estaban los malditos plomos. Así que éste es el nuevo vecino, pensé; y me pareció que tenía una cara agradable. Incluso lamenté vagamente el que me viera así, con los ojos turbios y la expresión embrutecida por el sueño, en vez de irritarme por haberme sacado de la cama. Entré en su piso, le mostré el interruptor, di a la clavija; en algún lugar un disco empezó a sonar gangosamente, hasta que recuperó la velocidad normal de giro. Era un solo de hombre, algo que parecía ópera. "Es el *Cuaderno de notas de Ana Magdalena Bach*", me dijo. Yo le sonreí y me arrebujé en mi desflecada bata: la música clásica nunca ha sido mi fuerte. Su casa era una especie de almacén semivacío: muchos libros, apilados meticulosamente contra las paredes como si se tratara de un doble muro de ladrillos. Una silla. Una mesa. Unos cajones conteniendo cosas menudas que apenas entreví. Un colchón en el suelo a modo de cama. Y en medio de todo, en ese corazón de lo doméstico que en otros hogares es ocupado por el televisor, había una barra de halterofilia con múltiples pesas, todas muy gruesas y oscuras, aterradoramente compactas. Cuando pasamos junto al aparato, camino de la puerta, él palmeó levemente los pesados discos de metal, como quien acaricia la cabeza de un perro fiel.

Charlamos unos instantes en tierra de nadie, entre las dos casas. Un viento frío y afilado se colaba por el ventanuco del descansillo y levantaba remolinos de pelusas en los viejos escalones de madera. Me contó que era arquitecto, y yo, no sé por qué, no le creí; así que le dije que yo era escritora, pero ni tan siquiera pestañeó ante la noticia. La gata salió muy sedosa y cauta a inspeccionarnos, y cuando él se inclinó a acariciarla bufó como un bicho salvaje, y le arañó la mano ferozmente. Qué extraño, lo siento, nunca había hecho una cosa así, le expliqué abochornada, mientras él se apretaba las heridas para extraer unas gotas de sangre temblorosas y redondas. Pero él dijo que no tenía importancia y me invitó a comer, porque en realidad eran ya las dos de la tarde. No acepté y cuando entré en mi casa eché el cerrojo. Tenía treinta y siete años, exactamente mi misma edad. Me pareció que era demasiado flaquito para levantar unas pesas tan grandes y tan negras.

Nos vimos tres o cuatro veces, para almorzar unos espaguetis en mi cocina o para tomar café. Yo le contaba viejas historias de mi viaje a la India; él apenas si hablaba. Una tarde llegó con dos botellas de champán francés y un cubo de ostras; fue la primera y la última vez que le vi beber: siempre tomaba agua. Aquel día, cosa rara, nos instalamos en su casa. El cielo estaba nublado y por la ventana entraba una luz sucia y marchita. Yo estaba sentada en el suelo, sobre el colchón. Él ocupaba la única silla, y su cara se desdibujaba en la penumbra. "¿Te gusta?", me preguntó; yo le contesté que sí, pensando que se refería a las ostras. Pero estaba hablando de la música, que era un piano muy solitario y lento, como el caer de finas gotas de agua, o como el latido de un corazón de cristal.

—Es Satie.

—¿Quién?

—Satie.

Yo tenía el cuerpo aterido y las mejillas ardiendo, y me parecía respirar fuego, como un dragón. Al descorchar la segunda botella se le escapó el champán y se empapó la ropa; nos reímos y yo puse mi mano sobre su jersey mojado: bajo la lana advertí la dureza de su pecho, sus músculos de hierro. Se fue al baño a cambiarse y yo pensé para mí: sí. Se estaba haciendo tarde, tenía que irme a trabajar, pero yo sólo pensaba: sí, sí, sí. La penumbra se me había metido en la cabeza junto con el champán y las burbujas. Las pesas reposaban en el suelo como bestias dormidas, como animales prehistóricos; acaricié los discos con la punta de los dedos: era un metal poderoso, una superficie helada y suave. Junto al cubo brillaba la navaja que él había utilizado para abrir las ostras; en la dudosa claridad la hoja tenía reflejos azulados.

Entonces él regresó a la habitación y fue como si volviera de un viaje muy largo. Se sentó de nuevo en la silla, a contraluz, y empezó a hablarme. Me dijo que en nuestra juventud, mientras yo era más o menos hippy, él odiaba a todos los que eran como yo, a esos melenudos, a esos cerdos. Que incluso llegó a salir un par de veces con un comando extremista; que en una ocasión raparon por la fuerza a un muchacho. Yo contemplaba su silueta oscura y me decía: no le conozco. Contemplaba su silueta oscura e intentaba recordar su cara, y no podía. "Ahora me arrepiento de todo eso, claro está", contaba él: "Son barbaridades propias de la edad, lo mismo que el que tú te hicieras hippy". Intenté explicarle que era muy distinto, que yo no me arrepentía de nada, que aquella única escapada a la India y aquella embriaguez de creerme viajera y escritora a lo Kerouac eran lo mejor de mi memoria, que desde entonces mi vida había sido un puro resbalar años abajo. Y él se ponía furioso y no entendía. Está loco, pensé; y decidí marcharme. Pero ya era casi de noche y la casa se había convertido en una telaraña de tinieblas, esos libros, esas pesas, esa mesa y esa silla tan hostiles. Él jugueteaba en silencio con la pequeña navaja, la abría y la cerraba; desde el tocadiscos, el piano parecía medir los pulsos mismos del tiempo, como si el mundo se hubiera detenido, como si todo fuera un sueño. Estoy loca, pensé; y no tuve fuerza para irme. Entonces él se levantó y me tomó en sus brazos; unos brazos de acero con los que hubiera podido partirme en dos pedazos, no sé cómo llegué a pensar que era flaquito; y siendo como era capaz de aniquilarme con sólo tensar sus músculos, me trató con la exquisita suavidad con la que peinas los bordes de una pluma. Era ya muy tarde y yo estaba faltando a mi trabajo: a la mierda La Espiral, a la mierda el atender la barra, servir copas, fregar platos. Hicimos el amor con voracidad pero sin prisas, mi cerebro era cuerpo, mi alma era caníbal, de su piel y mi piel saltaban chispas.

La noche fue muy larga y al final me quedé a dormir con él. Al apagar la luz descubrí junto a su cama un cuchillo de monte antiguo y grande, encerrado en una funda de cuero y semioculto tras una pila de libros; y fue como recibir la confirmación de una sentencia. Permanecí algún tiempo boca arriba, en medio de las sombras y el silencio, sintiendo la sorda repulsa de los muebles de él, de sus objetos, de las paredes enemigas; y escuchando la pesada respiración de ese desconocido al que había amado. Cuando al fin cerré los ojos, agotada por la tormenta de nuestros cuerpos, no supe a ciencia cierta si viviría para volver a abrirlos al día siguiente. Y en realidad me dio lo mismo.

Transcurrieron así unas semanas memorables. Él desaparecía a veces un par de días: yo no sabía de dónde sacaba el dinero, a qué se dedicaba. En cuanto a mí, dejé La Espiral y encontré un empleo de camarera en una pequeña cafetería del barrio; trabajaba menos que antes y ganaba un poco más, pero lloraba todas las mañanas al vestirme el uniforme, como si la bata azul y la

pequeña cofia fuesen el sudario de mis ambicio-
nes. Y al acabar mi turno echaba a correr sin siquiera cambiarme de ropa calle abajo, hasta llegar a la casa de él y ponerme en sus manos, esas
fuertes manos que hubieran podido estrangular-
me, de él quererlo; y él me desabotonaba la bata,
y yo me arrancaba la cofia, y las prendas caían a
nuestros pies y se enredaban con nuestras rodillas y terminaban hechas un nudo en mis riñones.
De vez en cuando comíamos algo apresura-
damente, sin salir de casa: fiambre, queso, una
manzana. Hablábamos muy poco; en ocasiones
él se sulfuraba por alguna nimiedad incomprensible, o me miraba oscuramente y me decía: "Todas las mujeres sois iguales". Y entonces yo pasaba la noche desvelada, vigilando su respiración,
sus movimientos, pensando en ese cuchillo de
monte grande y viejo que él guardaba al alcance
de la mano: su mano suave y pálida, pero con una
sombra brutal de vello negro en los nudillos, su
mano aún humedecida con mi olor y, sin embargo, tan ajena. Luego, con las primeras luces,
cuando los verdaderos perfiles del cuchillo empezaban a dibujarse en la penumbra, yo le miraba
dormir a mi lado: sus brazos de atleta, su cuerpo
de mármol, y esa cara tan inocente que da el sueño. Pero para entonces ya era hora de levantarse,
de planchar el uniforme, de vestírmelo llorando.
La gata me había abandonado: escapó, o quizá
murió, no sé; en aquellas primeras semanas de
tumulto no le di ni un solo día de comer. El sexo

con él era como viajar al infinito; o como intuir súbitamente la explicación del mundo. Nunca gocé tanto con ninguno. Y yo, que había asegurado mentirosamente la primacía a muchos hombres, a él, siendo verdad, jamás le dije nada.

Después todo empezó a cambiar, no sé bien cómo. Un día me habló de su familia, de sus hermanos casados, de un sobrinito al que adoraba. Empezó a preparar cenas cuidadas, unos guisotes cuya receta él decía haber recibido de su abuela, lentos cocimientos que le retenían durante largo rato en la cocina. Roía meticulosamente los huesos de las costillas y rebañaba las salsas con miga de pan. Una noche nos dormimos sin hacer el amor: estábamos los dos demasiado cansados. Fue por entonces cuando me confesó su afición por la arquitectura y su frustración por no haber acabado la carrera. Y empezó a pedirme consejo sobre qué corbata usar con qué chaqueta.

Llevaba un par de días ausente, en una de sus habituales escapadas, cuando apareció en la cafetería una mañana. Me sorprendió verle: yo creía que ni tan siquiera sabía a ciencia cierta en qué establecimiento trabajaba. Venía muy animado, muy contento; se sentó en uno de los taburetes del mostrador y pidió un café con leche y unas tortitas. Me contó que un tío suyo, que poseía una empresa de maquinaria pesada, le había contratado como vendedor para toda España. Llevaba ya algunos meses trabajando para él a comisión: a eso iba cuando desaparecía de repente, y no debía de haberlo hecho mal cuando su tío le ofrecía ahora un puesto fijo. Yo callaba y le observaba apilar concienzudamente la nata sobre un fragmento de tortita. Por supuesto que era un trabajo aburridísimo y estúpido, decía él; pero estaba harto de vivir precariamente y al menos con su tío podría ganar un buen dinero. Y yo callaba y le miraba hacer dibujos con la punta del cuchillo en los restos del chocolate de su plato. Ahí estábamos los dos, reflejados en el sucio espejo de la pared del fondo: él con su chaqueta de mezclilla y sus folletos policromos de trilladoras color verde; yo acodada en el mostrador, insignificante dentro del borrón añil de mi uniforme. El interior de la cafetería apestaba a margarina quemada. Era un tufo grasiento y pegajoso, uno de esos olores que se instalan para siempre en tu nariz y tu memoria.

Con el transcurso del tiempo se hizo patente que mi presencia le animaba. Fue abandonando su talante huraño y acabó transmutado en algo parecido a un parlanchín. Cada semana que pasaba viajaba más y vendía más excavadoras. Cuando estaba en Madrid cantaba mientras se afeitaba, hacía bromas. Un día sacó el cuchillo de monte de su funda y se batió juguetonamente conmigo diciendo que era D'Artagnan; el machete estaba oxidado y la hoja rota. Fue por entonces cuando me propuso que nos casáramos: "Montemos una familia, tengamos hijos, ya sabes que soy muy tradicional". Yo empecé a llorar también por las noches, mientras él me quitaba el uniforme. Cuando le dije que le dejaba no pudo entenderlo. Suplicó, gritó, arrojó una pesa contra la pared y desconchó el muro. Tuve tanto miedo de él que me mudé de casa; era un miedo lastimoso, sin misterio. Perdí todo contacto con él a raíz de aquello.

La última vez que le vi, hará unas tres semanas, roncaba como un energúmeno en un cine de barrio. Yo ahora estoy de camarera en las lujosas cafeterías California: supongo que debo considerar que mi posición ha mejorado; él, al parecer, sigue lo mismo.

La vida fácil

Entonces me di cuenta de que se me había mojado el reloj, el agua bien caliente y jabonosa, el agua como una sopa de burbujas porque la Vieja tiene el frío del tiempo metido entre los huesos, y yo con la esponja en la mano, y la mano en el agua, y el reloj en la muñeca, y la esfera toda empañada y sudando humedad. Ya está, pensé, me lo cargué, y el descubrimiento no mejoró mi humor, precisamente. "Tiene usted muy buen gusto, señora, es un modelo muy señorial, muy fino y muy elegante", había dicho aquel cretino de Tiffany's después de que yo rechazara el acorazado que pretendía venderme, automático antichoque y desde luego sumergible, media tonelada de reloj envuelta en oro. Oiga, le expliqué pacientemente, yo lo que quiero es algo clásico y de buen gusto, justo lo contrario a esto.

Y ahí fue cuando el tipo sacó el hocico, y levantó la barbilla, y se sonrió solo con el labio superior, un hispano de mierda con pretensiones de marqués. "Tiene usted muy buen gusto, señora", decía el miserable, aunque la Vieja no había abierto la boca, y yo mientras tanto seleccionando y preguntando y manoseando y haciendo malabares con las bandejas de terciopelo. Pero el tipo miraba a través de mí como si yo fuera de cristal y sólo se dirigía a la Vieja, bueno, al sombrero picudo que la Vieja llevaba ese día, a las dos plumas tiesas que remataban su coronilla, como si ésa fuese la máxima línea de flotación de su condescendencia, como si ya no pudiese rebajarse a mirar más abajo. "Ha hecho usted una buena compra, señora: es lo más elegante que tenemos, lo más apropiado para un verdadero caballero", y la Vieja no había abierto la boca, pero abrió el bolso y sacó un puñado de dólares como quien saca arena de un cubo, es esa manía suya de ignorar la existencia de los cheques y las tarjetas de crédito; y el tipo estiró los billetes cuidadosamente sobre el mostrador, y luego me colocó el reloj en la muñeca con tal descuido por mi persona que muy bien podría haber estado colocándolo en un brazo de fieltro para exhibirlo después en el escaparate. Cuando nos subimos a la limusina aún nos estaba mirando desde la puerta de la tienda con su insultante risita prendida en el labio superior. Le hubiera hecho comerse los dólares si el reloj no me hubiese gustado tanto. Pero me gustaba. Extraplano, de diseño muy fino, de oro macizo, con la corona incrustada.

Y ahora también con una bonita gota de agua alojada dentro de la esfera. El reloj más elegante y señorial del mundo empapado en agua sucia y jabonosa, en caldo de vieja. Sacudí el brazo y la gota ni se inmutó. Claro, había conseguido abrirse paso a través del vacío hermético y, una vez conquistado su lugar en la nada, se adhería a él como una sanguijuela dispuesta a chupar la vida de la elegante y señorial maquinaria. La Vieja se removió en la bañera, impaciente.

—¿Qué estás haciendo, Omar? Vamos, frótame la espalda, que me voy a quedar fría.

O algo así. Bueno, peor: "Mi querido muchacho, ¿qué estás haciendo? Sé buen chico y frótame la espalda, por favor, que si no ya sabes que me enfrío y luego me duele el pecho". Eso es lo que dijo con su voz pedigüeña y desvaída, esa vocecita de niña centenaria con la que me habla cuando estamos solos. Así que cogí la esponja otra vez —el agua goteando por encima de la correa de piel de serpiente— y le froté la espalda: los montículos y las depresiones y los omóplatos como alerones de avión y las vértebras todas de pie, las unas detrás de las otras, como las escamas dorsales de un pterodáctilo. Palmo y medio de espalda, eso es todo lo que queda, y en dos pasadas de esponja acabas la tarea.

—Ay, ay, querido, más suave, más suave.

Y la lavé por delante y la lavé por detrás, sujetándola en todo momento por un brazo para que no se me desbaratara como un pelele roto. No he visto nunca a nadie tan frágil y minúsculo como la Vieja. Desnuda es casi subhumana. Vestida es otra cosa. Vestida no tiene edad: su ancianidad es omnipresente y venerable, como la de las momias. ¿Quién se va a preocupar de calcular los años que tiene una momia? Milenio más o milenio menos, da lo mismo. Lo que sobrecoge de ella es precisamente eso, su triunfo sobre el tiempo. El saber que ha existido infinitamente antes de que nacieras y que seguirá existiendo infinitamente después de que tú mueras. Y la Vieja, vestida, es un poco así. Da miedo.

Desnuda, en cambio, se queda en nada. Una pizca de cuerpo flotando en la inmensidad de la bañera. Como una de esas ostras que, al abrirlas, descubres consumidas y enfermas, y que no son más que un pedacito de molusco en el desierto de porcelana de su concha.

—El cuello, querido Omar, frótame el cuello.

Su cuello no es más que un tramo de arterias y venas y tendones enredados, una confusión de tuberías a la vista. Pero lo peor no es su cuello, ni sus manos engarabitadas y deformes, y ni siquiera sus muslos, sus pantorrillas o sus brazos, es decir, todas esas zonas en las que la gente almacena la carne y que en ella no son más que el puro hueso y el pellejo, tan horribles. Lo peor de todo es su piel, su piel suavísima y fría, tan delicada al tacto que parece estar recubierta de polvos de talco, como el culo de un bebé. Lo peor de todo es tocar esa piel de blanda seda y *sentir* al mismo tiempo el descarnado esqueleto que hay debajo. Es un contraste indecente.

—Echa más agua caliente, que tengo frío.

Abrí el grifo y aproveché para ponerme un rato de pie: me dolían un poco las piernas de tanto permanecer de rodillas. Desde luego, el reloj estaba definitivamente roto: las manecillas no se habían movido ni un milímetro en los cinco últimos minutos. El agua debía de salir hirviendo porque soltaba pequeñas columnas de vapor. Al otro extremo de la bañera, la Vieja chapoteaba torpe y ridículamente, como si fuera una niña chica. Estaba contenta, la Vieja. Yo no. El agua le llegaba ahora casi a los hombros y en realidad sólo se le veía la cabeza, cubierta con un gorro de plástico rosa calado hasta las cejas para evitar que se le mojaran los cuatro pelos blancos que le quedan. Palmoteaba la Vieja en la bañera salpicándolo todo, cuando de repente desapareció. Se torció, escoró, naufragó, quizá resbaló, no sé. Pero de repente desapareció debajo del agua. Durante unos instantes sólo vi una quieta superficie de espuma y sólo escuché el tronar del grifo. Y después la Vieja empezó a patalear y a manotear y a retorcerse frenéticamente intentando incorporarse, su cabeza aparecía y desaparecía entre la espuma, y tosía y jadeaba y escupía y gritaba y tragaba agua y el chorro caía y caía y el cuarto de baño estaba lleno de vapor y yo pensé en ayudarla, pero no lo hice. Así que me quedé muy quieto y la Vieja seguía luchando, qué energía la suya, luchando contra la ley de la gravedad y contra su cuerpo débil y contra la resbaladiza porcelana y contra esa agua jabonosa de la que ya debía de haberse tragado medio litro, y lanzaba sus esqueléticos brazos en todas direcciones intentando encontrar un punto de apoyo, y al fin una de sus manos cayó sobre el borde de la bañera y la Vieja se agarró y tiró y reptó y empezó a emerger penosamente, y yo pensé en empujarla, pero tampoco lo hice. Y en ese momento entró alguien en la habitación, y yo pregunté a gritos que quién era, "la camarera para abrir las camas, señor", pero la Vieja ya había conseguido incorporarse y estaba apoyada contra el borde de la bañera y aullaba y tosía al mismo tiempo, con el gorro torcido y el volante de plástico chorreándole agua sobre la cara. Me arrodillé en el suelo encharcado y enderecé a la Vieja y le ayudé a echar lo que se había tragado golpeándole la espalda, mientras ella gimoteaba y se asfixiaba y abría mucho sus diminutos ojos. "Casi me ahogo, casi me ahogo", empezó a lamentarse cuando tuvo resuello suficiente, "lo siento", le dije yo, "lo siento". Entonces levanté la cabeza y vi a la camarera en el quicio de la puerta, una muchacha gorda y reluciente que me miraba con la misma cara de espanto con que hubiera mirado al asesino de su madre. El agua había empezado a rebosar por encima de la bañera, caliente, muy caliente. Cerré el grifo con la mano izquierda, porque con la derecha sostenía a la Vieja. Me volví hacia la chica:

—¿Desea usted algo?

—No, yo... ¿Necesitaban algo los señores?

—Nada. Haga el favor de irse.

No esperó a que se lo repitiera. Desapareció como una sombra y al poco oí cómo cerraba la puerta de la habitación. La Vieja temblaba violentamente aunque el agua achicharraba y el cuarto parecía una sauna. La saqué de la bañera, la envolví en una toalla gigante tamaño hotel de lujo y la llevé en brazos hasta la cama, dejando un reguero de charcos por toda la habitación.

Así, enrollada en su toalla blanca como un gusano en su capullo, parecía una momia más que nunca. Todavía llevaba puesto el gorro rosa. Una momia con un gorro de plástico.

—Llama al médico del hotel.

Le llamé.

—Pídeme un ponche bien caliente.

Lo pedí.

—Me he puesto enferma, estoy segura, este susto me va a matar.

Es inmortal. Me senté en un sofá a esperar a que llegaran los médicos, el ponche y el resto de mi vida. Mis pantalones y mi camisa estaban empapados y se me pegaban a la piel, helados y desagradables. Anochecía rápidamente y la habitación se llenaba de sombras. La Vieja apenas si era ya un bulto blanquecino sobre la cama, una momia de contornos difusos que rezongaba y se lamentaba. La puerta entreabierta del cuarto de baño dibujaba un rectángulo de luz eléctrica en la penumbra de la habitación. Miré la hora en un gesto automático y redescubrí mi reloj roto, la esfera empañada, la gota de agua. El reloj más elegante y señorial del mundo, y sólo me había durado un mes. Claro que los verdaderos señores no se dedican a bañar viejas. Al otro lado de la ventana la ciudad se iba encendiendo poco a poco y el cielo era una delgada franja gris marengo. Me hubiera dado igual el estar muerto. "Se me ha estropeado el reloj", dije en voz alta hacia la oscuridad. La Vieja sólo tardó un par de segundos en contestar: "No te preocupes, Omar, te compraré uno nuevo".

Noche de Reyes

El zumbido era una lanza clavándose sañudamente en su cerebro en carne viva. Braceó a tientas, aún medio dormido, en un torpe pero determinado empeño de destrozar el despertador. Un ruido confuso de objetos caídos le hizo comprender que había errado su objetivo. Lo intentó otra vez: era como nadar fatigosamente contra el embozo de la cama. Ahora escuchó un tintineo de cristales rotos, pero el zumbido continuaba. Abrió un ojo y sus neuronas aullaron bajo el ataque de la luz. Lentamente, heroicamente, Pedro giró la cabeza. Su cerebro, a estas alturas definitivamente licuado, se estrelló como un maremoto contra sus sienes. La mesilla, que siempre estaba atestada, se encontraba insólitamente despejada gracias a sus manotazos. Y en medio de la inmensa planicie berreaba con malignidad el despertador. Alzó el brazo con el mismo esfuerzo sobrehumano con que el agonizante, en su aliento postrero, señala acusadoramente a aquel que ha sido su asesino; y después dejó caer el puño pesadamente sobre el maldito chisme. El reloj crujió, patinó y quedó barriga arriba, como una alimaña reventada. Callado al fin el muy canalla. Cielos.

Veamos, ¿era verano, era invierno? ¿Era lunes o domingo? ¿El despertador zumbaba por puro sadismo o quizá avisaba de algún quehacer concreto? ¿Y qué demonios podría ser, en ese caso, ese enigmático quehacer? ¿Quién era él, en suma, además de un residuo de carne dolorida? Durante unos instantes, Pedro se esforzó en pescar la información en el tembloroso mar de su cerebro. Sí, claro, ya se iba acordando. Él era economista. Y había una oficina. Él trabajaba. La condena de su empleo cayó sobre él como una losa. Además era invierno. Jornada laborable. Era exactamente el 5 de enero. Mañana, día de Reyes, sería fiesta. Pero hoy tenía que acudir a la oficina. Se ovilló en la cama, sobrecogido. Imposible. No se sentía con fuerzas para hacerlo. Los moribundos no trabajan, y era obvio que él se encontraba medio muerto. La noche anterior. La noche anterior había bebido mucho. Recordaba el barullo borroso de las gentes, las copas vacías. ¿Por qué se pasó la noche sosteniendo copas siempre vacías en la mano? Una fiesta. Eso es. Lola había dado una fiesta en su apartamento. Pedro se veía llegando a la casa, pero no saliendo. Y en el tránsito neblinoso que unía ambos momentos había pasado algo. Algo quizá tremendo. Pedro no lo recordaba, pero en su olvido latía un dolor, una vergüenza, un deseo de no saber. Perfectamente, entonces: no quería saberlo en absoluto. Empujó su desazón a las profundidades de la desmemoria más total. Se encontraba demasiado enfermo como para luchar con los recuerdos.

Se sentó en la cama, y en el encierro de su cráneo se desencadenó una vez más un ceremoto. Sintió náuseas. Contempló con ojos rencorosos el despertador. Las agujas marcaban las once. ¡Las once! ¿Cómo era posible? Sin duda lo había puesto mal la noche anterior, esa noche de brumas tan densas. Verificó la hora con su reloj de pulsera. Sí, no cabía duda, eran las once. Y la humanidad, es decir, sus compañeros de trabajo, llevaba ya más de ciento veinte minutos de laboriosísima existencia. Está bien, pensó, es el destino. Hoy no apareceré por la oficina. Y, enardecido por ese regalo de los hados, Pedro apoyó airosamente los pies en el suelo y se clavó un cristal en el talón.

Bufó y blasfemó un buen rato mientras se extraía la esquirla y ponía las sábanas perdidas de sangre. El suelo estaba cubierto de astillas de vidrio, sin duda los residuos de un cenicero que él mismo acababa de tirar en su pelea contra el reloj. Subió cautelosamente ambas piernas al barco seguro de la cama y observó con desaliento el mundo hostil que le rodeaba: un apartamento de soltero de dimensiones tan microscópicas que parecía mentira que cupiera en él tanto mal gusto. Las paredes estaban llenas de lamparones, quizá las huellas de las lágrimas de los antiguos ocupantes, y la fealdad de los muebles era tan insultante que parecía premeditada, como si los hubieran escogido así para forzar a los inquilinos a la fuga. Era el típico agujero urbano para aves de paso. Pero Pedro llevaba ya más de un año aquí. Desde que se separó de su mujer.

Suspiró, rebuscó entre los restos del cenicero y encontró una colilla de dimensiones aún aprovechables. La encendió, aspirando profundamente. Sus pulmones gimieron y se aplastaron contra el estómago. Sintió náuseas. Revisó mentalmente su estado general: las sienes le martilleaban, su boca era un horno requemado habitado por una lengua de bayeta, el talón le pinchaba, en sus bronquios soplaba el simún del desierto, el estómago le bailaba una polca, sentía como si un enano estuviera pisándole los ojos y los sesos le chapoteaban por ahí dentro. O sea, lo normal. Encendió la segunda colilla y empezó a recuperar la confianza. Qué caramba, era la víspera de Reyes. De niño, ésa era la noche del año que más le gustaba. Se ducharía, se vestiría y saldría a desayunar un buen café con leche, con roscón. Se tomaría el día para sí, una jornada feliz, plácida y serena. Pero lo primero era llamar a la oficina. Marcó resueltamente el número directo de su división y esperó a que su segunda de a bordo contestase. Pero no descolgó Lola, sino Concha. "¿Y Lola?", preguntó él. "¡Naturalmente no ha venido!", respondió la mujer con voz helada. ¿Naturalmente? ¿Por la fiesta de la víspera? ¿Porque se acostó muy tarde? Pero el tono reprobador de Concha despertaba ecos inquietantes en su memoria, encendía diminutas candelas entre las tinieblas del olvido. Pedro se apresuró a apagar las luces del recuerdo y explicó que no podía ir a trabajar porque había sufrido un cólico nefrítico; era una excusa que ya había utilizado otras tres veces, pero a fin de cuentas ésa era la idiosincrasia de los cólicos, el repetirse. "Pues Camacho ha preguntado dos veces por ti", añadió la mujer con malevolencia. Camacho, su jefe inmediato. Que en los últimos tiempos se estaba poniendo de lo más impertinente y puntilloso, como si todo lo que él hiciera le molestase. "Pues lo siento, pero estoy enfermo. Intentaré curarme para pasado mañana", contestó Pedro, procurando imprimir en su voz la justa y sobria indignación que le embargaba. Y colgó. Joder, no le dejan a uno ni padecer un cólico nefrítico.

El mostrador del bar en el que entró rebosaba roscones de Reyes en diversos estados de consunción, y ese paisaje de bollos relucientes y frutas confitadas había evocado en Pedro el sabor de tiempos cálidos y añejos. Pero en el momento de pedir se dio cuenta de que en realidad no le apetecía tomar café con leche. Tenía sed, y tras algunas dudas decidió beberse una cerveza. Claro que pedir roscón con cerveza resultaba un poco raro, así que optó por prescindir también del bollo. Una hora más tarde, ya se había tomado tres cañas y unos pinchos de anchoas con aceitunas; había conversado amenamente con un vecino de barra sobre la ambición sin tino de las mujeres, siempre exigiendo costosísimos regalos en estas fechas. Y había salido del bar, en fin, lo bastante tonificado en alma y cuerpo. No había cumplido su primer propósito de un desayuno tradicional, pero ahora se compraría los periódicos y se pondría a leerlos placenteramente en algún café antiguo y tranquilo. Así que comenzó a caminar en busca de un quiosco bajo el frío sol de invierno.

Fue una casualidad. Fue una asombrosa coincidencia que su pasear plácido y sin rumbo le llevara a un puerto conocido. Súbitamente, Pedro se descubrió frente al portal de su antigua casa. Diez años antes, cuando apenas si contaba veintitrés, él y Ana habían atravesado ese portal por vez primera. Cogidos de la mano, como niños que se aventuran, tímidamente, en el bosque de la vida. Esa manita de Ana, tan dócil, tan tibia y diminuta, una mano inocente que aún no había aprendido a arrojarle ceniceros de vidrio a la cabeza. Aunque, afortunadamente, nunca llegó a controlar bien su puntería. Eso fue una suerte, después de todo.

No habían tenido hijos. En eso también fueron afortunados. Así, cuando se separaron, pudieron hacerlo limpiamente, quirúrgicamente, sin que quedara nada entre ellos, aparte de nueve años de vida en común y un reguero de ilusiones destripadas. O sea, una bagatela, pura filfa. Por eso, porque no quedaba nada, Pedro y Ana no habían conservado ningún tipo de contacto. Hacía muchos meses que no se habían visto, que ni siquiera se habían hablado por teléfono. Bien mirado, eso también era una tontería. Había que normalizar la situación, aunque no pudieran ser amigos. Ya que el azar le había guiado hasta su casa, Pedro podría subir un momento a ver si su ex mujer estaba. Sólo para saludarla brevemente, con una amabilidad fría y correcta. Para normalizar la situación. O, incluso, podría invitarla a comer. Hace un día precioso, le diría, vámonos a almorzar. Quién sabe, a lo mejor podían volver a ser amigos, después de todo. Sí, la invitaría a comer; podrían ir al Ruano, ese restaurante que le gustaba tanto a Ana. Almorzarían opíparamente y a los postres tomarían roscón de Reyes; y Ana, claro está, se pondría nerviosa como una niña, tan ansiosa de que le tocara la sorpresa que haría trampas y hundiría prospectivamente el dedo en todo el bollo. Como antes.

Y todo era verdaderamente como antes: el portal con plantas de plástico, los buzones metálicos, incluso la frase que alguien había grabado a punta de navaja en las paredes del ascensor: "Paquita es mía". Sólo que ahora Pedro no tenía llave de su casa. Llamó al timbre. Ana abrió. Vestida con un jersey y unos pantalones que Pedro no conocía, y frunciendo la boca en una expresión de pasmo que conocía sobradamente. "Hola", dijo él. Y sonrió. Ella no. "¿No me invitas a entrar? Pasaba por aquí. Felices Reyes." Se encaminó decididamente hacia la sala, y Ana le siguió. Los muebles se veían distintos. ¡Ana había cambiado los muebles de *su* casa! El sofá estaba ahora arrimado a la pared de enfrente, y había una mesa nueva. Y no veía *su* butaca. ¡Su butaca preferida no estaba! Pedro apretó las mandíbulas. Bueno, ¿y qué? Era lógico. ¿A él qué le importaba que Ana cambiase la decoración como le viniera en gana? Sonreír. Eso era lo que tenía que hacer. Sonreír e invitar a comer a su ex mujer.

"¿Qué has hecho con mi butaca?", rugió Pedro. "¿Y a ti qué te importa? No es tu butaca. Es mía", ladró ella. "Tuya, claro. Como la casa entera. Te quedaste con todo." "La casa es alquilada. Y no me quedé con todo. Creía que las cosas habían quedado lo suficientemente claras cuando hablamos con el abogado." ¡Las cosas claras! ¿Qué cosas? ¿Que Ana vestía ropas extrañas, que era capaz de vivir sin él, que en su casa, su propia casa, apenas si flotaba su recuerdo? Apretó los puños y se dirigió al armarito de la esquina. Por lo menos el whisky seguía ahí. Agarró la botella y se encaminó hacia la cocina, con Ana pegada a sus talones. "¿Qué haces aquí? ¿Qué quieres? ¿A qué has venido?", insistía ella, con esa manía suya habitual de repetir las cosas veinte veces. Pedro sacó un vaso del armario y se sirvió un generoso whisky, sin hielo y sin agua, que apuró de un trago. He venido para hacerte feliz, pensó. Y se llenó de nuevo el vaso. Ana se había recostado contra la lavadora y había encendido nerviosamente un cigarrillo. ¡Ana estaba fumando! No era posible: ¡Ana fumaba! Ahí estaba, chupando su pitillo con desfachatada naturalidad. Y el humo tejía finos anillos grises en torno a ella, del mismo modo que los cinturones de asteroides se ciñen en torno a un planeta desconocido e inalcanzable.

"¡He venido a llevarme el frigorífico!", gruñó Pedro abalanzándose hacia el electrodoméstico. "¡No! ¡El frigorífico no! ¡Es mío!", gritó ella, abrazándose desesperadamente a la nevera. "¡Lo compré yo con mi dinero!", aullaba él, mientras luchaba contra el mueble y su ex mujer. "¿Qué dinero? ¿Y todos esos años en los que fui tu criada, quién me los paga?", bramaba ella dándole manotazos y aferrándose como si tuviera ventosas a la superficie lacada del aparato. Forcejearon durante un rato, con el frigorífico chirriando y dando tumbos, hasta que la puerta se abrió y cayeron al suelo, haciéndose añicos, un par de botellas. Se detuvieron ambos, jadeantes. "Ana. Por favor. Dame el frigorífico. Por favor. La nevera del apartamento es una mierda, no funciona. Nada funciona. Por favor", susurró él, casi llorando. Ana lo miró. Y luego, dando un suspiro, desenchufó el electrodoméstico y comenzó a vaciarlo rápidamente: "Llévatelo. Y no vuelvas". A Pedro le tomó más de un cuarto de hora arrastrar el armatoste hasta el descansillo, mientras Ana le contemplaba impasible, cruzada de brazos, fumando cigarro tras cigarro. Meter la nevera en el ascensor fue otra proeza, y Pedro quedó atrapado como una polilla entre el mueble y el espejo. "Adiós", dijo entonces Ana, cerrando la puerta y pulsando desde fuera el botón de bajada como quien acciona la palanca de la silla eléctrica. La caja retembló y descendió los cinco pisos con desesperante lentitud, hasta detenerse al fin en el bajo. ¿Qué otra cosa podía hacer él? Salió, oteó el horizonte, cerró cuidadosamente la puerta del ascensor y huyó, abandonando la nevera a su destino.

Su cabeza estaba llena de un gas burbujeante. Pedro conocía esa sensación. Así empezaba el ciclo. Cuando salió de casa de Ana entró en un bar y se tomó otro whisky. Luego se encerró en una cabina telefónica y comenzó a marcar todos los números que contenía su agenda. En orden descendiente. De los más apetecibles a los menos. Estaba más o menos hacia la mitad de la escala cuando consiguió que Paco y Pilar le invitaran a comer. Bueno, no exactamente a comer, porque ya eran las cuatro de la tarde. "Pero pásate por casa y te daremos algo." Y aquí estaba ahora, tomando queso con pan mientras sus amigos bebían café. Y con la cabeza llena de un gas burbujeante. Así empezaba el ciclo. Luego, unas cuantas copas más allá, el gas se convertiría en vapor, y su cráneo en una olla a presión a punto de estallar. Más tarde, las neuronas se le harían agua. Después barro. Y, por último, la sesera se le solidificaría convertida en un granítico adoquín. Conocía bien el proceso. En fin, ahora que estaba en la mejor parte convenía aprovecharse. Así que le pidió un whisky a Pilar.

Paco, mientras tanto, fumaba en pipa y hablaba como una cotorra alegre de amigos comunes. "¿Sabes lo último de Gabriela? ¿No lo sabes? Pues es la monda. ¿Sabes el novio ese que tenía? ¿No lo sabes? Sí, hombre, ese abogado que ella decía que era el hombre de su vida... a las dos semanas de haberle conocido. Pues bueno, ya le ha dejado. Ahora sale con otro. Le conoció en un viaje a Barcelona, hace nada, hace unos días. Y ya está diciendo que éste sí que es el hombre de su vida, y que van a quererse para siempre. A ver cuánto le dura. Es que la gente va como loca, no lo entiendo", y, diciendo esto, Paco contemplaba a Pilar con una orgullosa sonrisa de antiguo dueño.

No es la gente la que va como loca, es la vida, pensaba Pedro. La vida era una locura inexplicable. A medida que se iba adentrando en las brumosas rutas del alcohol, Pedro creía advertir cierto chisporroteo en su memoria. Como si sólo se pudiera acceder a los recuerdos de los momentos etílicos agarrándose uno, una vez más, una considerable melopea. A medida que se iba emborrachando, la fiesta de la víspera parecía empezar a reconstruirse en su cabeza. No quería. No quería acordarse porque presentía que había algo amenazador en todo ello. Pero no podía evitarlo. Ahí estaban los recuerdos, emergiendo sobre el mar del olvido como la punta de un frío y acerado iceberg. Y ahí estaba Lola, su compañera de trabajo, su subordinada, con la que había estado saliendo en los últimos dos o tres meses. El día anterior había sido su cumpleaños. Y por eso hizo la fiesta. Estaban todos, todos los colegas de la oficina. Menos los jefes. Él, Pedro, era el único directivo que había acudido. Porque, claro, estaba ligando con la chica. Bien mirado, Lola había sido muy valiente. Quizá demasiado. En la fiesta había dejado entender abiertamente que ellos dos estaban enrollados. Bueno, en realidad no había nada que ocultar, porque ambos se encontraban sin pareja. Pero, aun así, ¿no estaba corriendo demasiado? Claro que él le había dicho que la quería. Que la quería sólo para él y para siempre.

Entonces, ayer, ahora lo recordaba, pidió a Lola, no sabía por qué, que le enseñara fotos de su infancia. Riendo, y en mitad de la fiesta, se retiraron los dos a un cuartito pequeño. Allí Lola sacó el cajón de las fotos. Y, junto a las instantáneas infantiles, estaban todas las demás, todas las fotos de su historia, Lola con sus tres novios anteriores, con los tres hombres con los que había vivido. "Éstas no las veas", dijo ella. Pero él gruñó, fascinado y aun divertido: "Dame, dame. Quiero verlas todas. No admitiré ni una censura". Y ahí fueron pasando. Rectángulos de brillantes colores o desvaídas *polaroids*. Lola besándose con el primero ante la torre Eiffel. Lola y el segundo cogidos de la mano, sonrientes, saliendo a la carrera de un soleado y espumoso mar. Lola y el tercero ante el pino de Navidad en Navidad. Lola en el campo, en la cocina de su casa, en una reunión familiar, en una fiesta de cumpleaños con un cucuruchito en la cabeza, siempre con sus hombres al lado, imágenes congeladas de la felicidad, cegadores cromos de la dicha. Y las fotos iban cayendo como caen sobre una piel lacerada los latigazos del verdugo, abriendo un poco más la llaga cada vez. No, Pedro no tenía celos de esos tres hombres: tenía celos de la vida. Añoraba la inocencia de Lola y su propia inocencia. Deseaba haber sido él quien la llevara de la mano en esa playa; él quien le colocara el cucurucho en la cabeza. Un Pedro intacto que no hubiera despilfarrado aún su credulidad, un Pedro ignorante de las pérdidas. Si Lola ya había vivido todos los espejismos de la dicha, ¿qué podía ofrecerle a él a estas alturas? ¿Una emoción de segunda mano, envejecida y cautelosa? ¿Para pasar luego él, Pedro, a formar parte de la colección de fotos del fracaso? ¿De los que alguna vez quisieron ser y no pudieron?

Frente a él, al otro lado de la mesa y de la existencia, Paco seguía mordiendo su pipa y charloteando. Con todo, Pedro sospechaba que no era eso lo peor. Lo de las fotos. Había algo más enterrado en el pozo salvador del olvido, algo que pugnaba por salir y que era oscuro. Algo que había sucedido en esa fiesta de lo que él no quería ni acordarse. Sacudió la cabeza, deseoso de cerrar la puerta de la memoria. Pilar se inclinó afectuosamente sobre él: "¿Te pasa algo? A mí me parece que estás bastante chispa. ¿Quieres que te prepare un café?". Pilar tenía el pelo castaño y los ojos azules. Y una cara suave, sensible, acogedora. Pedro la sujetó por la cintura y la atrajo hacia sí: "Pilar, tú eres la mujer que me conviene". "Sí, claro. Porque soy la que ahora está más cerca", rió ella, intentando soltarse. Pero Pedro la estrechó con más firmeza: "Te lo digo en serio". Y era verdad.

Súbitamente Pilar refulgía ante él con todos sus atributos femeninos. Era una mujer serena, aposentada. Una persona dulce y cariñosa, y al mismo tiempo inteligente. ¿Cómo no se había dado cuenta antes de lo mucho que le gustaba Pilar, de lo bien que le casaba? Ella sería la única mujer del mundo capaz de entenderle en todas sus arruguitas interiores. ¡Si incluso le gustaba el ajedrez, como a él! Ella podría materializar el sueño de la gemelidad, del otro idéntico. Era una mujer para vivir y para morir, para amar y para envejecer con ella, la compañera para siempre, por los siglos de los siglos. "Deja a este idiota y vente conmigo, Pilar, vente conmigo."

Entonces a Paco y a Pilar les entró de repente una prisa tremenda por salir. Tenían que hacer unas compras de última hora para los Reyes del niño, le dijeron, aprovechando que la criatura estaba visitando a los abuelos. Así que Pedro tuvo que apurar el whisky a toda velocidad, y ponerse el abrigo a trompicones, y salir con ellos a la calle, gélida calle invernal, noche cerrada; y ellos se marcharon cogidos del brazo, dejándole allí tirado en mitad de la acera, con la cabeza llena de vapor y maldiciendo a ese repugnante niño de siete años que aún no había aprendido que los Reyes son siempre los padres.

El acomodador le despertó más bien de malos modos: "Que se ha acabado la sesión". Pedro parpadeó, atontado, y se asombró de encontrarse en mitad de un cine vacío. Sí, ahora lo recordaba: se había metido aquí por pasar el rato. Y, entre cabezada y cabezada, aún había alcanzado a ver en la pantalla breves escenas inconexas de chicos y chicas felicísimos. Como las fotos de Lola, aquella noche. Se levantó torpemente y salió de la sala. La cabeza le pesaba como un plomo, pero el nivel de alcohol de su sangre parecía haber descendido notablemente. Entró en un bar que había junto al cine y se tomó un cubalibre y dos pinchos de tortilla. Era un local miserable y siniestro, con luces de neón y un camarero sucio y mal encarado tras la barra. Pedro era el único parroquiano, y el camarero simulaba limpiar el mostrador con una bayeta cochambrosa, moviendo de un lado para otro unos roscones de Reyes de aspecto pétreo. Pedro miró el reloj. Las 12.15. Era el momento de animarse. Se daría una vuelta por el Jamaica, que era el lugar de copas que más frecuentaba. El dueño era un conocido, y allí siempre aparecía algún amigo. Salió del bar. Las calles estaban llenas de gente con paquetes. Sintió náuseas. Seguro que las repugnantes tortillas que acababa de tomar se encontraban en malas condiciones.

El Jamaica estaba animadísimo, con actuaciones en vivo y fiesta especial de noche de Reyes. Navegó hasta la barra entre el gentío, siendo saludado en el trayecto por unos cuantos hombres a los que no creía conocer. Un par de copas más tarde ya conocía a todo el mundo. Conversó largamente sobre coches con un tipo medianamente borracho, y sobre las reformas económicas de Gorbachov con otro tipo borracho por completo. Una mujer muy gorda con un vestido de florecitas a la última moda del 68 le colocó un cucurucho de papel dorado en la cabeza. Un poliomielítico que decía ser amigo íntimo suyo le convidó a una raya de coca en los retretes.

Sus neuronas navegaban ya medio licuefactas por los anchos espacios siderales cuando cayó sentado en un sofá junto a una chica rubia y pálida. La chica sonrió y pestañeó con entusiasmo. "Una fiesta estupenda", dijo ella. "Estupenda", corroboró pastosamente él. Se encontraban en un rincón especialmente oscuro del local, pero Pedro pudo advertir, aun a pesar de la penumbra, que la mujer no era rubia natural, sino teñida; que sus pestañas tenían una longitud demasiado tiesa y sospechosa, y que su propio rostro se encontraba sepultado bajo una gruesa capa de maquillaje a medio derretir. Llevaba un bolero de lentejuelas de plástico y tenía los dientes manchados de carmín. "¿Y tú qué haces?", preguntó la mujer. "Despreciarme", contestó Pedro amablemente. "Noooo", rió ella, "digo que a qué te dedicas". "Soy economista." "Ahhhh, qué interesante", exclamó la chica, con aspecto de encontrarse verdaderamente interesada. "¿Estás solo?", añadió después, mirándole escrutadoramente por debajo del rígido toldo de sus pestañas. ¿Lo estaba?, se cuestionó Pedro mentalmente. Era una pregunta demasiado difícil de responder. Contempló la ates-

tada pista de baile, en la que se agitaba espasmó-
dicamente una muchedumbre heterogénea, con
sombreritos de papel charol en la coronilla y ex-
presiones de tonta satisfacción en el semblante.
De cuando en cuando, una batería de luces estro-
boscópicas recortaba sus figuras en el tiempo, una
colección de imágenes congeladas, cromos de envidiable felicidad, imposibles fotos de la dicha.

Pedro se volvió hacia la mujer. En realidad,
pensó, debe de ser bastante joven. Si se lavara el
pringue de la cara; si se quitara las pestañas posti-
zas y se restañara el carmín violento de los labios.
Si se dejase crecer el pelo de su color, que debía
de ser castaño tierno, la chica podía estar bien,
incluso muy bien. Tenía algo en los ojos, y en el
tímido nerviosismo de sus rasgos, que la hacía
frágil, deseable. En el fondo, se dijo Pedro, es
una prisionera de sí misma. Como yo. Dentro de
ella, por debajo de la mujer pintarrajeada, se encuentra su yo más dulce y delicado. Del mismo
modo que él, Pedro, guardaba en su interior lo
mejor de sí mismo, un Pedro más noble, más sensible, digno de no dudar de ser amado. Sólo que
nadie había sabido mirarle tan profundo. Esta
muchacha, sin embargo, esta chica de las pestañas de cemento, quizá fuera capaz de verle como
nadie. Desterrada de sí misma ella también, podía ser la única mujer del mundo que le enten-
diera en todas sus arruguitas interiores. Suspiró,
emocionado, observando con inmensa ternura
los dientes manchados de rojo de la chica. Sí, se-

guro que sí: ella podría materializar el sueño de la gemelidad, del otro idéntico. Era una mujer para vivir y para morir, para amar y para envejecer con ella, la compañera para siempre, por los siglos de los siglos. Así que la cogió vehementemente de las manos y le dijo: "Tienes que ser mía, mía para toda la vida. Nada podrá hacernos daño si estamos juntos". Y la chica primero rió, luego tosió y después gruñó, porque Pedro le estaba retorciendo las muñecas, y empezó a agitarse, molesta, e incluso dio un gritito, y al final él la soltó, y la chica se puso en pie, dijo que iba un momento al servicio y desapareció para no volver a regresar.

Así que al poco rato Pedro abandonó el sofá y se dirigió hacia la barra como el pájaro desplumado por la tormenta que acude por instinto a un bebedero. Pero por el camino se cruzó con un camarero que estaba sirviendo porciones de roscón. Se detuvo, encandilado por el antiguo olor a bollo recién hecho. Cogió un pedazo: estaba tibio aún y tenía un aspecto formidable, coronado de almendras y de crujientes láminas de azúcar. Se contempló en el dulce como quien se mira en el espejo mágico de un cuento: el aromático roscón reflejaba su imagen infantil, un Pedro perdido en el pasado. Iba a dar un bocado a la esponjosa masa cuando alguien dejó caer una mano sobre su espalda: "Hombre, Pedro, por lo que se ve te has curado milagrosamente de tu cólico". Era Camacho, su jefe inmediato. Precisamente él, de entre los cinco mil millones de seres de este mundo. Sonreía, pero su voz era un bloque de hielo. "Sí, gracias, parece que estoy algo mejor", contestó Pedro dignamente, intentando modular la frase sin farfulleos. "¿Algo mejor, dices? Qué curioso. Yo, sin embargo, te veo cada vez peor. Te vas devaluando, chico. A estas alturas apenas si vales dos pesetas. ¿Qué opinas tú, Teresa?" Fue en ese momento cuando Pedro advirtió su presencia. El prototipo de la hembra estupenda. Joven, elástica, trigueña natural, carnal y lánguida. Era Teresa, la secretaria de Camacho y también su amante secreta. Secreta tan sólo en el sentido de que Camacho estaba casado; porque, por lo demás, era público y notorio que andaban juntos. Desde que Teresa entró en la firma, un par de años atrás, ya se sabía que Camacho la había contratado sólo porque era su querida. "Yo lo veo más bien poquita cosa", comentó la muchacha con sonrisilla vengativa. "No te lo tomarás a mal, ¿verdad?", añadió Camacho palmeando su espalda jovialmente: "Es sólo una broma... Como tu cólico. Por cierto, creo que me voy a comer tu roscón. A ti no te conviene nada, ¿sabes? Tengo entendido que es malísimo para los riñones". Y, arrebatándole el bollo de las manos, Camacho dio media vuelta y desapareció con Teresa entre el gentío.

Entonces Pedro recordó. Su memoria se abrió y vomitó todos los monstruos abisales: las escenas prohibidas de la noche anterior. Cuando terminó de ver las fotos de Lola, Pedro había bebido un poco, y luego otro poco, y después muchísimo más, y al final volaba materialmente por encima del suelo subido a unas piernas deshuesadas. Fue entonces cuando se fijó en Teresa, fulgurante en su traje rojo, en sus uñas rojas, en sus labios rojos, un ensangrentado aullido de mujer resonando en medio de la fiesta. Él la miró, apreció toda su carnalidad, su fuerza de hembra; y comprendió que Teresa era una mujer para vivir y para morir, para amar y para envejecer con ella, la compañera para siempre. Así que comenzó declarándole su amor y terminó abalanzándose sobre ella, babeándola, estrujándola, rasgándole el escote del vestido antes de que los demás le separaran por la fuerza, antes de que Lola se pusiera a llorar con grandes hipos y Teresa le insultara vulgarmente. Camacho no estaba en la reunión, pero sin duda ya había sido informado del suceso. Lo que más le escocía a Pedro es que Camacho ni siquiera hubiera pretendido pegarse con él. No le consideraba rival ni para eso.

A Pedro le había costado un buen rato de negociación y mil pesetas el que el barman del Jamaica le diera un paquete de azúcar. Era un paquete grande, probablemente de un kilo, y pesaba agradablemente entre sus manos. Comenzó a recorrer las calles adyacentes al Jamaica. El aire estaba limpio y helado, y era un alivio tras la pesada atmósfera del club. De cuando en cuando pasaba un coche bullicioso, noctámbulos que regresaban de una fiesta. Era una madrugada her-

mosa y escarchada, la noche más mágica del año.
En estas horas frías llegaban los Reyes para aquellos que aún sabían verlos; pero hacía mucho
tiempo que Pedro había dejado de mirar. Cruzó
de acera. Cojeaba porque le dolía bastante el talón izquierdo. ¿Y por qué le dolía? ¿Se trataba
quizá de un simple efecto más de la borrachera
monumental que padecía? ¿Se le habría concen-
trado el alcohol precisamente en ese pie? Se encogió de hombros, demasiado aturdido para proseguir con sus pesquisas fisiológicas. Y además
había encontrado su objetivo: ahí estaba, aparca-
do en la esquina, el ostentoso coche de Camacho.

Con ayuda de una piedra y de las llaves de
su casa, Pedro consiguió abrir en pocos minutos
el tapón del depósito de gasolina. Rasgó el papel del
azúcar, brindó a la Luna y sonrió. "Por Teresa",
dijo, y echó medio paquete en el depósito. Luego
cerró la tapa con cuidado, borrando todas las huellas de su crimen. Y se alejó despacio, disfrutando.

Un centenar de metros más allá, un par de
barrenderos regaban la calle. Pedro se detuvo,
contemplando cómo el agua a presión se llevaba
los restos de la noche. Uno de los barrenderos
era una chica. Muy joven, apenas si aparentaba
los dieciocho años. Era una chica robusta y de
rostro lozano y agradable, y ofrecía un gracioso
aspecto embutida en sus rudas ropas de color bu-
tano. Pedro la observó, deleitándose con la brusquedad adolescente de sus movimientos, con su
enternecedora seriedad de trabajadora responsa-

ble. ¿Y si fuera ella? ¿Y si esta muchacha fuera su regalo de Reyes de la noche? Una chica tan joven que él podría enseñarla, educarla, construirla conforme a sus deseos. Una persona simple y afectuosa. Pedro sintió esponjarse en su interior la tibieza de un brote de cariño. Él la haría feliz, la mimaría; porque era una mujer para vivir y para morir, para amar y para envejecer plácidamente junto a ella. Deseó acariciar su pelo; deseó quitarle los enormes guantes y besar, una a una, las puntas de sus diez deditos. Deseó hacerle un regalo inmenso, portentoso. Pero no tenía nada que ofrecerle. Nada más que la media bolsa de azúcar que aún llevaba en la mano. Y, sin embargo, ¿por qué no?, quizá entre los blancos y rechinantes granos se escondiera un diamante, un diamante dulce como el azúcar, un diamante para siempre, cuya presencia en el paquete fuera un milagro de Reyes, la sorpresa del roscón que tanto anhelaba siempre Ana. Pedro se acercó a la muchacha y extendió, tembloroso, la bolsa de azúcar ante sí: "Ten. Es para ti. Es mi regalo". Y la chica, frunciendo los labios en una mueca deliciosa, contestó suavemente: "Anda, tío. Vete a dormir la mona y no fastidies".

La otra

En cuanto la conoció, mi abuela dictaminó: "Es un mal bicho". A mí tampoco me había gustado nada: me apretujó entre sus brazos, me manchó la mejilla con un maquillaje pegajoso y dulzón y me regaló una muñeca gorda y cursi, cuando lo que yo quería por entonces era un disfraz de indio. Se agachó hasta mi altura y dijo: "Esta niñita tan bonita y yo nos vamos a llevar muy bien, ¿verdad?", y me enseñó unos dientes manchados de carmín. Los demás creyeron que me sonreía, pero yo sé que lo que hacía era mostrarme los colmillos, como hace mi perro *Fidel* cuando se topa con un enemigo. Además me irritó que mintiera. Porque yo no era bonita, ni lo soy. Y *ella*, siempre tan coqueta y detallista, lo sabía. Creo que me despreció desde el primer instante.

Ella, en cambio, pasaba por hermosa. En el pueblo lo comentaban: "Es muy estirada y muy señoritinga, pero qué alta, qué guapa, qué elegante". Y mi abuela decía: "Ya puede ser elegante, porque se está gastando en trapos todas las perras de tu padre". Aunque seguramente dijo "tu pobre padre". Desde que apareció *la otra* en la casa de la playa, durante aquellas horribles vacaciones, mi padre fue siempre para mi abuela "tu pobre padre". Y cuando hablaba de él sacudía la cabeza y suspiraba: "Los hombres, ya ves, no saben vivir solos, y así pasa, que luego llegan las lagartas y les lían. Ay, si tu madre viviese...", decía, y se ponía a llorar. Pero no por mi madre, que llevaba muerta muchos años, ni por mi "pobre padre", sino por ella misma. Porque mi abuela estaba segura de que la iban a meter en un asilo.

Una tarde que habíamos entrado las dos en el supermercado oímos una conversación aterradora. Mi abuela y yo estábamos escarbando dentro del arcón congelador en busca de los helados de frambuesa, y las mujeres no nos vieron. "El otro día me encontré en la farmacia a la nueva de la casa del mirador... Muy guapetona, pero con unos humos...", decía una. "Pues al parecer la cosa está hecha, le ha cazado, se casan", contestaba la otra. "Entonces poco tardará en salir la vieja de la casa. No creo que *ésa* apechugue con la antigua suegra", añadió la primera con una risita. "Ya verás, seguro que se carga a la abuela... y a lo mejor hasta a la niña." En ese momento la abuela y yo sacamos la cabeza del congelador, porque estábamos ya moraditas de frío. Y las vecinas se dieron un codazo y se callaron.

Al principio, en la semana que papá estuvo con nosotras, la cosa no fue tan terrible. *Ella* lo pedía todo por favor y reía hasta cuando no venía a cuento. También papá estaba más cariñoso que de costumbre: me compraba regaliz y me sentaba otra vez en su regazo, aunque unos meses atrás había empezado a refunfuñar que yo ya estaba demasiado grande para eso. Pero no me engañaba con sus zalamerías: una tarde le pillé en el jardín. Besándola. Estaban en el banco del almendro, y mi padre la tenía sentada en sus rodillas. Y eso que *ella* sí que era grande. Entonces mi padre me descubrió y dio un respingo. Pero luego se controló y, sonriéndome, hizo señas para que me acercara. Eso fue lo peor: que quisiera hacer pasar el horror como algo natural. Salí corriendo y me encerré en el cuarto de la abuela. Mi padre golpeó la puerta, rogó, gritó y amenazó. Pero no salí. A la mañana siguiente papá se tuvo que ir a la ciudad, por asuntos de negocios, durante tres semanas.

Entonces estalló la guerra. Viéndose sola, *ella* tomó el poder despóticamente. Nos mandaba, nos gritaba. Nos odiaba. Nos negábamos a dirigirle la palabra, y *ella* nos castigaba sin cenar con la complicidad de Tere, la criada, a quien había comprado con la promesa de un aumento de sueldo. Hablaba por teléfono con papá, pero a mí nunca me avisaba de sus llamadas. Y un día nos llegó a acusar de haberle metido cucarachas en las playeras, lo cual era cierto, desde luego, pero ¿cómo podía tener *ella* la mala fe de acusarnos sin pruebas? Porque de todos es sabido que las cucarachas caminan de acá para allá y se meten ellas solas en los zapatos.

Un día, al anochecer, volvió mi padre. Se le veía tenso y ceñudo: nunca me había parecido tan alto y tan sombrío. Era tarde y pasamos al comedor inmediatamente. *Ella* hablaba y hablaba: lo hacía con suavidad, pero decía cosas horrorosas de nosotras. Papá fumaba y miraba torcidamente su copa de vino; yo quise intervenir, pero un rugido suyo me mandó callar y me heló el aliento. Mi abuela temblaba dentro de su bata de florecitas: nunca me había parecido tan pequeña. Al fin *ella* cerró la boca, radiante y satisfecha, y papá dijo: "Se acabó". No nos quería papá, estaba claro. Quería más a esa intrusa, que sólo llevaba un mes en casa. Al otro lado de la mesa, *ella* reía y enseñaba sus dientes manchados de rojo, como los colmillos de un vampiro. "Se va a cargar a la abuela", habían dicho las vecinas, "y también a la niña." Mi padre confiaba más en una usurpadora que en su propia hija. "Se va a cargar a la abuela y a la niña", comentaban. Tere la traidora trajo una sopera con gazpacho. Miré a mi abuela y mentalmente le grité: no lo tomes. Mi padre quería vivir con *ella* y no conmigo. Con la enemiga de los colmillos rojos. ¿Y si el gazpacho estuviera envenenado? ¿Y si *la otra* hubiera decidido acabar de una vez con nosotras? Esperé, con el corazón zumbando en los oídos, hasta que *ella* se sirvió un buen tazón y comenzó a tomarlo. Entonces yo también comí. Y las cucharadas me supieron a lágrimas.

Dos días después *ella* desapareció sin dejar rastro. La buscaron por los acantilados y por las cunetas, en la estación de tren y en los hospitales.

Y escrutaron el mar durante semanas, esperando que la resaca devolviera su cuerpo. Nunca lo hizo. Papá, contrito y deshecho, contemplaba las olas y musitaba: "Qué mala suerte tengo". Han pasado diez años de aquello y no ha vuelto a casarse. Mi abuela murió el otoño pasado y ahora vivo sola con mi padre (mi pobre, pobre padre), que me necesita más que nunca. En cuanto a *ella*, no sé lo que pasó. Aquella noche, después de la cena, mi abuela, que era montañesa, preparó un conjuro. Recortó una foto de *ella* y la metió en un tarro vacío de compota, junto con un par de dientes de ajo y una mosca muerta atada con bramante; y luego selló el frasco y le dio la vuelta, para que quedara boca abajo. Dos días después *ella* se esfumó. Recuperé el tarro hace unos meses, cuando el fallecimiento de mi abuela: lo encontré al fondo de un cajón, aún invertido. Aquí lo tengo, y todavía puede verse la fotito de *ella* a través del cristal, su cara helada y sonriente, sus esbeltas piernas, mucho más bonitas que las mías. Yo no creo en conjuros, pero aún mantengo el frasco boca abajo y bien cerrado. Y a veces, cuando me veo fea y grandota en un espejo, me alivia recordar que guardo toda esa hermosura prisionera.

El reencuentro

Iba mirando el periódico que acababa de comprar y por eso no advirtió su presencia hasta que casi chocó contra ella.

—Perdone —dijo él, aún distraído y manoteando torpemente el diario.

—Vaya, pero si eres tú —dijo ella.

Tomás alzó la vista. Rosario estaba frente a él, con gesto sorprendido, sonriente. Tenía exactamente el mismo aspecto de siempre: Tomás incluso creyó reconocer la chaqueta de mezclilla que llevaba. Qué bárbaro, cinco años sin verse y vestía la misma chaqueta que antes. Con lo mucho que se cambiaba de ropa por entonces y la cantidad de dinero que se gastaba en trapos.

—Pues sí, soy yo.

Se quedaron unos instantes sin saber qué decirse.

—Estás igual —dijo él.

—Tú también —dijo ella.

Tomás se pasó disimuladamente una mano por el pelo, mucho más ralo que antes, y metió tripa.

—Acabo de llegar —explicaba Rosario—. Hace un par de días. Y ya no me voy más. Se acabó la aventura americana.

Era verdad, sí. Ahora Tomás recordaba vagamente que Rosario le había escrito que pensaba regresar a Madrid. Pero eso había sido muchos meses atrás.

—Te debo carta, por cierto —recordó de pronto Tomás, sintiéndose culpable.

—No te preocupes: ahora ya me podrás decir las cosas cara a cara. O por teléfono.

Rieron los dos, Rosario enseñando sus dientecitos pequeños y parejos, como de niña. Una mujer tan estupenda, Rosario. Pero ¿qué cosas? ¿Qué cosas podría decirle? ¿De qué podría hablarle? Ni por carta, ni por teléfono, ni cara a cara: no se le ocurría nada que contarle a esa mujer estupenda con la que había vivido cuatro años.

—¿Qué tal te va la vida? —preguntó ella.

—Bien. Bueno... Sí, bien. ¿Y a ti? —titubeó él.

—Muy bien. Ya ves. En pleno cambio.

Y, sin embargo, los primeros seis meses de su relación habían sido un incendio. No en el terreno de la complicidad verbal: ahí nunca brillaron. Los dos eran demasiado introvertidos, demasiado pasivos, demasiado callados. Debió de ser por eso por lo que fracasó la relación, años después. Pero al principio, en los primeros tiempos: al principio la piel echaba chispas, el silencio del otro era un enigma que avivaba el deseo y por las venas corría lava en vez de sangre. Tomás nunca había mantenido una relación sexual tan descomunal y tan febril como con Rosario. Cuando se encerraban el uno con el otro estallaban cohetes, se calcinaban las estrellas, el mundo era un perpetuo redoble de tambor. Se bastaban. No necesitaban nada más. Era la apoteosis de los cuerpos.

—¿Sigues teniendo el mismo piso que antes?

—Sí. Y tú, ¿dónde vas a vivir?

—Oh, ahora, de momento, estoy en casa de mi hermana, pero me estoy buscando un apartamento. Quiero comprar algo.

Era la misma, exactamente la misma mujer que le volvió loco tiempo atrás, pero algo se había roto definitivamente. Al sutil mecanismo de la pasión le faltaba una pieza. Era como un reloj estropeado: si no marca la hora, se convierte en materia desordenada y absurda, en tuercas, cristales, ruedecillas inútiles. El reloj pierde su sustancia y ni siquiera *es*. Del mismo modo, los dientecitos de Rosario, antes irresistibles, un sortilegio de dulces mordeduras, eran hoy unos dientes vulgares, ajenos, inanimados. Años atrás no hubiera podido estar tan cerca de ella sin temblar y hoy estaba deseando marcharse.

—¿Y tu madre?

—Muy bien. Con sus achaques de artritis, pero bien. ¿Y tus padres?

—Estupendos. Desde que se jubilaron se pasan el día viajando. Ahora están en Alicante.

—Qué bien.

Coincidieron los dos, años atrás, en una esquina del tiempo y del espacio. Pero después el mundo siguió girando y se perdieron. Y, sin embargo, ahora aún la quería. Se querían mucho los dos, de eso estaba seguro: con un amor antiguo y animal, con la costumbre de quien ha compartido infinidad de gripes y de insomnios, con el mismo entrañamiento con que quieres a ese hermano con el que nunca sabes de qué hablar.

—Bueno, Tomás, me voy a tener que ir —sonrió ella—. A ver si un día quedamos y comemos.

A Rosario, la conocía bien, le pasaba lo mismo: estaba huyendo. Se miraron, se sonrieron; y se abrazaron estrechamente, con el dulce recuerdo de los abrazos de antaño. Que seas feliz, pensó Tomás; que seas muy feliz, deseó desde el fondo de su corazón, con todas sus fuerzas. Y después se separaron los dos, muy aliviados.

La gloria de los feos

Me fijé en Lupe y Lolo, hace ya muchos años, porque eran, sin lugar a dudas, los *raros* del barrio. Hay niños que desde la cuna son distintos y, lo que es peor, saben y padecen su diferencia. Son esos críos que siempre se caen en los recreos; que andan como almas en pena, de grupo en grupo, mendigando un amigo. Basta con que el profesor los llame a la pizarra para que el resto de la clase se desternille, aunque en realidad no haya en ellos nada risible, más allá de su destino de víctimas y de su mansedumbre en aceptarlo.

Lupe y Lolo eran así: llevaban la estrella negra en la cabeza. Lupe era hija de la vecina del tercero, una señora pechugona y esférica. La niña salió redonda desde chiquitita; era patizamba y, de las rodillas para abajo, las piernas se le escapaban cada una para un lado como las patas de un compás. No es que fuera gorda: es que estaba mal hecha, con un cuerpo que parecía un torpedo y la barbilla saliéndole directamente del esternón.

Pero lo peor, con todo, era algo de dentro; algo desolador e inacabado. Era guapa de cara: tenía los ojos grises y el pelo muy negro, la boca bien formada, la nariz correcta. Pero tenía la mirada cruda, y el rostro borrado por una expresión de perpetuo estupor. De pequeña la veía arrimarse a los corrillos de los otros niños: siempre fue grandona y les sacaba a todos la cabeza. Pero los demás críos parecían ignorar su presencia descomunal, su mirada vidriosa; seguían jugando sin prestarle atención, como si la niña no existiera. Al principio, Lupe corría detrás de ellos, patosa y torpona, intentando ser una más; pero, para cuando llegaba a los lugares, los demás ya se habían ido. Con los años la vi resignarse a su inexistencia. Se pasaba los días recorriendo sola la barriada, siempre al mismo paso y doblando las mismas esquinas, con esa determinación vacía e inútil con que los peces recorren una y otra vez sus estrechas peceras.

En cuanto a Lolo, vivía más lejos de mi casa, en otra calle. Me fijé en él porque un día los otros chicos le dejaron atado a una farola en los jardines de la plaza. Era en el mes de agosto, a las tres de la tarde. Hacía un calor infernal, la farola estaba al sol y el metal abrasaba. Desaté al niño, lloroso y moqueante; me ofrecí a acompañarle a casa y le pregunté que quién le había hecho eso. "No querían hacerlo", contestó entre hipos: "Es que se han olvidado". Y salió corriendo. Era un niño delgadísimo, con el pecho hundido y las piernas como dos palillos. Caminaba inclinado hacia delante, como si siempre soplara frente a él un ventarrón furioso, y era tan frágil que parecía que se iba a desbaratar en cualquier momento.

Tenía el pelo tieso y pelirrojo, grandes narizotas, ojos de mucho susto. Un rostro como de careta de verbena, una cara de chiste. Por entonces debía de estar cumpliendo los diez años.

Poco después me enteré de su nombre, porque los demás niños le estaban llamando todo el rato. Así como Lupe era invisible, Lolo parecía ser omnipresente: los otros chicos no paraban de martirizarle, como si su aspecto de triste saltamontes despertara en los demás una suerte de ferocidad entomológica. Por cierto, una vez coincidieron en la plaza Lupe y Lolo: pero ni siquiera se miraron. Se repelieron entre sí, como apestados.

Pasaron los años y una tarde, era el primer día de calor de un mes de mayo, vi venir por la calle vacía a una criatura singular: era un esmirriado muchacho de unos quince años con una camiseta de color verde fosforescente. Sus vaqueros, demasiado cortos, dejaban ver unos tobillos picudos y unas canillas flacas; pero lo peor era el pelo, una mata espesa rojiza y reseca, peinada con gomina, a los años cincuenta, como una inmensa ensaimada sobre el cráneo. No me costó trabajo reconocerle: era Lolo, aunque un Lolo crecido y transmutado en calamitoso adolescente. Seguía caminando inclinado hacia delante, aunque ahora parecía que era el peso de su pelo, de esa especie de platillo volante que coronaba su cabeza, lo que le mantenía desnivelado.

Y entonces la vi a ella. A Lupe. Venía por la misma acera, en dirección contraria. También ella había dado el estirón puberal en el pasado invierno. Le había crecido la misma pechuga que a su madre, de tal suerte que, como era cuellicorta, parecía llevar la cara en bandeja. Se había teñido su bonito pelo oscuro de un rubio violento, y se lo había cortado corto, así como a lo punky. Estaban los dos, en suma, francamente espantosos: habían florecido, conforme a sus destinos, como seres ridículos. Pero se los veía anhelantes y en pie de guerra.

Lo demás, en fin, sucedió de manera inevitable. Iban ensimismados, y chocaron el uno contra el otro. Se miraron entonces como si se vieran por primera vez, y se enamoraron de inmediato. Fue un 11 de mayo y, aunque ustedes quizá no lo recuerden, cuando los ojos de Lolo y Lupe se encontraron tembló el mundo, los mares se agitaron, los cielos se llenaron de ardientes meteoros. Los feos y los tristes tienen también sus instantes gloriosos.

Mi hombre

Me he casado con un descuartizador de aguacates. Ya comprenderán que mi matrimonio es un fracaso. Cuando conocí a mi marido yo tenía diecinueve años. Por entonces estaba convencida de que el día más hermoso en la vida de una muchacha era el día de su boda, y cada vez que veía una novia me ponía a moquear de emoción como una tonta. Ahora tengo cuarenta y tres años y no me divorcio porque me da miedo vivir sola.

Él es un hombre muy bueno. Es decir, no me pega, no se gasta nuestros sueldos en el juego, no apedrea a los gatos callejeros. Por lo demás, es de un egoísmo insoportable. Viene de la oficina y se tumba en el sofá delante de la tele. Yo también vengo de *mi* oficina, pero llego a casa dos horas más tarde y cargada como una mula con la compra del hiper. Que me ayudes, le digo. Que ahora voy, responde. Nunca dice que no directamente. Pero yo termino de subir todas las bolsas y él no ha meneado aún el culo del asiento. Voy a la sala, le grito, le insulto, manoteo en el aire, me rompo una uña. Él ni se inmuta. Entonces me siento en una silla de la cocina y me pongo a llorar. Al ratito aparece él, en calcetines. "¿Qué hay de cena?", pregunta con su voz más inocente. Hago acopio de aire para soltarle una parrafada venenosa, pero él me intercepta con una habilidad nacida de años de práctica: "Ya sé, te voy a preparar una ensalada que te vas a chupar los dedos", exclama con cara de pillín. Esa ensalada de aguacates y nueces y manzana que tanto le gusta. Así que yo me amanso porque soy idiota y, aunque refunfuñando, le ayudo a sacar los platos, la fruta, los cuchillos, y le ato a la espalda el delantal mientras él mantiene los brazos pomposamente estirados ante sí como si fuera un cirujano a punto de realizar una operación magistral a corazón abierto.

Entonces él empieza a pelar los aguacates y yo, por hacer algo, lavo y corto la lechuga, pico la cebolla, casco y parto las nueces, convierto dos manzanas en pequeños cubitos. Le miro por el rabillo del ojo y él sigue pelando. De modo que saco las patatas, las mondo, las lavo, las corto finitas, que es como a él le gustan; cojo la sartén, echo el aceite, enciendo el fuego, frío primero las patatas bien doradas y luego hago también un par de huevos. El aceite chisporrotea y salta, y, como no tengo puesto el delantal, me mancho de grasa la pechera de la blusa. Le miro: él continúa impertérrito, manipulando morosamente su aguacate. Tan torpe, tan lento y tan inútil que más que cortar el fruto se diría que está haciéndole una meticulosa autopsia. "No sirves para nada", le gruño. Y él me mira con cara de dignidad ofendida. "¡Y encima no me mires así!", chillo exasperada.

Él frunce el ceño y se desanuda el delantal con parsimonia. Después se va a la sala y se deja caer en el sofá, frente al televisor, mientras se chupa el pringoso verdín que el aguacate ha dejado en sus dedos. Yo sé que ahora pondré la mesa como todas las noches y cenaremos sin decirnos nada.

Lo más terrible es que, en nuestro fracaso como pareja, apenas si hay batallas de mayor envergadura que estos sórdidos conflictos domésticos. Y no es que me importe mucho hacerme cargo de las labores de la casa. No me gustan, pero si hay que hacerlas, pues se hacen. No, lo que me amarga la vida es su presencia. Porque me encanta cocinar para mi hija, por ejemplo, aunque, por desgracia, viene muy poco a vernos; pero servirle a él me desespera. Será que le odio. Hay momentos en los que no soporto ni su manera de abrir el periódico: estira los brazos y sacude el diario delante de sí, antes de darle la vuelta a la hoja, como quien orea una pieza de tela. Hace muchos años ya que, si no es para discutir, apenas si hablamos.

No siempre fue así. Al principio todo era distinto. Él estudiaba dibujo lineal por las noches. Y soñaba con hacerse arquitecto. Quería ser alguien. Es más, yo *creía* que él era *alguien*. Pero nunca se atrevió a dejar la gestoría. No sé cuándo le perdí la confianza, pero sé que me decepcionó hace ya mucho. No era ni más listo ni más trabajador ni más capaz que yo. Tampoco era más fuerte, me refiero a más fuerte por dentro; por ejemplo, no me sirvió de nada cuando creímos que la niña tenía la meningitis. Y yo, para estar enamorada, necesito admirar al que ha de ser mi hombre. Me has decepcionado, le he dicho muchas veces. Y él se calla y se pone a orear el periódico.

Claro que quizá yo también he cambiado. Antes la vida me parecía un lugar lleno de aventuras, y por las noches, mientras me dormía, la cabeza se me llenaba de imágenes felices: nosotros dos con nuestra hija pequeña, envidiados por todos; él trabajando en un estudio de arquitectura y envidiado por todos; nosotros dos viajando en avión por medio mundo y envidiados por todos. Eran estampas quietas, como las de los álbumes de cromos de mi infancia. Después dejé de pensar en esas cosas, porque estaba siempre tan cansada que me dormía nada más acostarme. Y luego se me pasó la juventud. Llega un día en el que te despiertas y te dices: así que en esto consistía la vida. Poca cosa.

Le he engañado en dos ocasiones. Con dos compañeros de la oficina. Fue un desastre. Yo buscaba el amor a través de ellos y me temo que ellos sólo me buscaban a mí. Los dos estaban casados. Me sentí ridícula. Entre unos y otros, entre estas cosas y todas las demás, se me ha agriado el carácter. Yo de joven era muy alegre. Él me lo decía siempre: me encanta tu vitalidad. Y de novios me llamaba *Cascabelito*. Ahora que lo pienso, quizá para él yo también haya sido una decepción: últimamente no hago otra cosa que gruñir, protestar y estar de morros todo el día.

A veces, sin embargo, me despierto de madrugada sin saber dónde estoy. Me rodea la oscuridad, me acosa el vértigo, me encuentro sola e indefensa en la inmensidad de un mundo hostil. Entonces mi brazo tropieza con una espalda blanda y cálida. Y el rítmico sonido de una respiración muy conocida cae en mis oídos como un bálsamo. Es él, durmiendo a mi lado; reconozco su olor, su tacto, su tibieza. Poco a poco, las tinieblas dejan de ser tinieblas y la habitación comienza a reconstruirse a mi alrededor: la mesilla, el despertador, la pared del fondo, la blusa manchada de grasa que me quité anoche y que descansa ahora sobre la silla. La cotidianidad triunfa una vez más sobre el vacío. Me abrazo a su espalda y, medio dormida, contemplo cómo el alba pone una línea de luz sobre el tejado de las casas vecinas. Y entonces, sólo entonces, me digo: es mi hombre.

El monstruo del lago

Llevaba dos semanas comiendo porquerías y durmiendo en los *bed and breakfast* más modestos, pero el dinero se le iba de entre las manos como agua. El coche y el alcohol, eso era lo que le descabalaba el presupuesto. El alquiler del coche era lo peor, pero no había otra manera de moverse. La editorial le pagaba cuatro mil pesetas de dietas al día, lo cual, aunque Escocia estuviera barata, era casi una burla. Así que se alimentaba con la bazofia de los pubs, salchichas purpúreas y guisantes de lata, todo regado con unas cuantas pintas de cerveza. Eso estaba comiendo ahora, precisamente, acodado en la mesa de un pub, junto a la carretera. Un local oscuro como un mal pensamiento, aunque todavía no eran las cuatro de la tarde. Afuera, más allá de los ventanucos, el día moría prematuramente, agobiado por un cielo de nubarrones negros. Sólo estaban a primeros de noviembre, pero hacía ya un frío insoportable. El lago, al otro lado de la carretera, tenía el color helado del mercurio. No tardaría en nevar.

—¿Es suyo el coche que hay delante?

M. se sobresaltó y miró hacia atrás dos veces, una por encima de cada hombro, buscando la persona a quien la pregunta podría ir dirigida: no estaba acostumbrado a despertar ningún tipo de interés. Pero detrás de él no había nadie. Contempló entonces con más atención al hombre que había formulado la pregunta. Era un tipo de cráneo y vientre redondos, grandes narizotas, ojos de miope. Poseía el aspecto de no haber tenido ni una sola idea propia en toda su vida.

—Supongo que sí —respondió M, en aceptable inglés.

—¿Extranjero?

—Español.

—¿Viajando?

—Voy a Inverness.

Tras este breve interrogatorio, el hombrecillo calló, aparentemente satisfecho. M. volvió a su salchicha, fría ya y con sabor a nitratos. Un asco. Como se pasaba los días conduciendo y trabajando, sólo comía una vez por jornada, un almuerzo tardío. Luego seguía camino y por las noches, antes de acostarse, se metía unos whiskys en el cuerpo. Bastantes whiskys. Pero no se consideraba un alcohólico: sólo bebía para poder dormir.

—¿Le importa si me siento un ratito con usted? —dijo el hombre.

—No, no... —contestó M. sorprendido.

Ellos dos, el hombre y él, eran los únicos parroquianos que había en el local. Cosa que no era de extrañar, porque el pub se levantaba en mitad de la nada, entre colinas sombrías y desiertas. Seguramente el tipo se encontraba aburrido de estar solo y de ahí su locuacidad y su insistencia. Un pelmazo. Tenía todo el aspecto de ser un pelmazo. Pero a M. no le importaba: incluso agradecía su presencia. Llevaba dos semanas sin hablar con nadie, más allá de las mínimas frases necesarias para ordenar una comida y de las monótonas preguntas de su trabajo: "¿El garaje está incluido en el precio?", "¿cuántas habitaciones tiene?", "¿cuánto cuesta el menú?". Cómo odiaba su empleo. De entre todas las guías de viajes más baratas, más feas y peor hechas del mundo, las Orbe se llevarían sin esfuerzo el primer premio. La editorial las vendía por dos perras a una serie de periódicos regionales, y éstos las regalaban, una cada semana, junto con el diario de los domingos. Eran unos librillos confeccionados a puñetazos, plagados de erratas y tan mal pegados que no aguantaban el recorrido del quiosco a la casa sin perder alguna hoja.

—¿A qué se dedica usted? —inquirió el hombre. Unos matojos de pelos negros sobresalían de sus narizotas.

—Soy periodista.

—¡Qué interesante! —dijo el tipo. Y parecía de verdad impresionado.

Porque no sabe, se dijo M. Porque no sabe. Lo que peor llevaba era tener que entrar en los hoteles de lujo a preguntar las tonterías que preguntaba. Y cruzar los larguísimos vestíbulos soportando la mirada suspicaz y desdeñosa del conserje. Porque con él nunca se equivocaban los conserjes de los grandes hoteles: siempre sabían, desde la primera ojeada, que él no podía ser un cliente.

—Entonces quizá le interese saber quién soy yo —dijo el hombrecillo en tono modesto—. Yo, verá usted, soy el monstruo del lago Ness.

M. resopló, súbitamente dolido. Pero, entonces, ¿el tipo se estaba mofando de él? ¿Le había reconocido, de la misma manera que le reconocían los conserjes de los hoteles de lujo, como un objetivo fácil para la burla? Pero no, el hombrecillo parecía estar hablando en serio.

—Claro, ya comprendo que a usted le costará creerme —tartamudeó—. Pero es que, ¿cómo explicarle?, yo soy la apariencia humana del monstruo.

Un loquito, eso era. A M. no le asustaban los locos. Al contrario, con ellos se sentía incluso más a gusto. Con ellos no se veía en la obligación de justificarse por lo mal que le había ido en la vida. A los locos no les importaba que tuviera el hígado hecho papilla o que, a los cincuenta y cuatro años, viviera solo como un perro en una sórdida pensión madrileña. Ni que esta miserable chapuza de las guías se la hubieran dado casi por compasión.

—Y, entonces, ¿el verdadero monstruo dónde está? —preguntó por decir algo.

—Ahí abajo —contestó el tipo, señalando con solemnidad el turbio lago que asomaba a través de la ventana—. Ahí, arropado por toneladas de agua fría. Está durmiendo.

—¿Y cómo sabe usted que duerme? —dijo M. sonriendo.

—Lo sé porque yo soy su sueño —contestó con sencillez el hombre—. El monstruo sueña con ser humano. Entonces duerme, y de su reposo salen criaturas como yo. Verá, es un monstruo muy viejo, el último de su especie. Se sabe diferente, y se siente solo. Por eso, cuando sueña con hombres, crea siempre personajes así: solitarios, distintos, quizá un poco monstruosos.

Calló el hombre unos instantes y se enjugó los ojos.

—Se sufre, ¿sabe usted?, porque mi monstruo es un monstruo sufriente —prosiguió—. Pero cuando al fin descubrí que yo sólo era un sueño fue un alivio. Porque en esta vida puedo parecer ridículo, insignificante o incluso loco, pero en realidad soy un monstruo magnífico, inmensamente poderoso, viejo y sabio. Me entiende, ¿verdad? Sé que me comprende: si me he acercado a usted es porque me parece haberle visto alguna vez por ahí abajo.

Entonces M. miró a través de la ventana al lago mercurial, amenazadoramente oscuro en el crepúsculo. Miró queriendo recordar, pero no pudo. Sobre el lago Ness empezó a caer, muy lentamente, la primera nevada del invierno.

Carne quemada

La encontraba bien, incluso muy bien. Mejor que cuando estaban juntos. Se había puesto lentillas. ¿Por qué demonios no usó lentillas antes, mientras vivieron juntos? Entonces llevaba unas gafas redondas, gafitas de progre, que le sentaban bastante mal. Ahora Luisa le estaba contemplando minuciosa y desapasionadamente con sus bonitos ojos, esos ojos que tan bien se le veían gracias a las lentes de contacto.

—Estás igual —dijo al fin la mujer, dando por terminado el escrutinio. Y su tono, frío y un poco desdeñoso, daba a entender otro mensaje: no estás igual, pero te has ido deteriorando en la manera en que yo había previsto.

Andrés suspiró.

—Tú, por el contrario, has cambiado. Estás muy guapa.

—O sea, que antes, cuando estábamos juntos, me encontrabas horrible —respondió Luisa con una crueldad innecesaria. Porque ella sabía bien que no fue así.

—Mujer, como eres... —se quejó él, sintiéndose torpe y demasiado pánfilo. Nunca había sabido mantenerse a la altura de las bromas ácidas de Luisa.

La cafetería empezaba a llenarse con los empleados de las oficinas cercanas, vociferantes grupos en busca del plato combinado del almuerzo. Tras la barra, los cuatro camareros se afanaban con gesto tenso y preocupado: parecían soldados dispuestos a defender su precaria posición ante el inminente asalto de una horda de enemigos hambrientos. Con el barullo, los camareros debían de haber olvidado un filete que habían puesto en la parrilla: la carne humeaba malamente y había empezado a arder por un costado.

—¿Cómo dices? —preguntó Andrés, elevando la voz por encima del ruido.

—Que puedes seguir quedándote con el apartamento. No hace falta que cambiemos el contrato a tu nombre, porque te subirían la renta. Y también te puedes quedar con la nevera, y con la tele, y con el vídeo. Yo no lo necesito.

Claro que no lo necesitaba. Para eso tenía la casa, y la nevera, y la tele, y el vídeo, y la cama, y los brazos del otro. Y encima Luisa se creería que él le iba a dar las gracias. Le engañaba y le abandonaba como a un perro y encima pretendería que él le diera las gracias por cederle la mitad conyugal de un vídeo viejo.

—Gracias —dijo Andrés.

—No hay de qué, es lo lógico —contestó ella, repentinamente animada y con expresión alegre.

Tan alegre que hacía daño mirarla. Andrés volvió el rostro. Al otro lado de la barra, el pedazo de carne ardía ya abiertamente con grandes y chisporroteantes llamaradas.

—Mira, no se han dado cuenta y se les está abrasando ese filete —dijo Andrés con una sonrisa. Le aliviaba haber encontrado una razón por la que sonreír.

Entonces vieron cómo se acercaba un camarero a la parrilla, cómo retiraba el llameante pedazo de carne a un lado, cómo extinguía el incendio con unos cuantos golpes hábilmente propinados con la paleta. Luego sirvió el carbón en un plato con lechuga y patatas fritas, salió del mostrador, atravesó el local en derechura hacia ellos y depositó el plato delante de Andrés. Era la hamburguesa que él había pedido.

—Pues sí que... —farfulló éste.

Pero el camarero ya se había ido, reclamado por la avalancha de clientes. Andrés escudriñó el plato con atención: la hamburguesa, achicharrada y consumida, parecía un pedazo de antracita. Alzó el rostro: desde el otro lado de la mesa, Luisa le contemplaba con ojos de hielo. Andrés carraspeó, cogió el tenedor, cortó un pedacito de la bola negra. En el corazón de la hamburguesa se podía ver aún un pequeño residuo de carne rosa.

—Pues mira, no está mal —dijo Andrés, masticando vigorosamente la dura corteza churruscada.

—No me puedo creer que te vayas a comer esa porquería... —exclamó ella.

—De verdad que no está mal. Lo quemado le da un sabor así como... ¿Quieres probarlo?

Luisa sacudió la cabeza con expresión de asco. Y le miraba, oh, sí, cómo le miraba. Le contemplaba atentamente con ese gesto suyo de desdén y censura. Andrés continuó engullendo la hamburguesa con el mismo talante suicida con que se tomaría un frasco de barbitúricos.

—Sigues igual... —dijo Luisa; y se entendía que quería decir: estás aún peor—. Sigues igual... ¿Por qué no has devuelto esa cosa? ¿Por qué te resignas y te la tomas? Así te va en la vida...

Y quería decir: así fracasaste, así me perdiste, así me metiste en la cama de otro. Pero no era verdad. Se metió ella sola. Antes, cuando vivían juntos, Luisa se arreglaba mucho menos. Y nunca pensó en ponerse lentillas. Se ve que no se sentía en la necesidad de conquistarle.

—¿Y cómo me va en la vida? Estoy estupendamente —se irritó Andrés.

Por un instante pareció que Luisa se disponía a contestarle; pero luego la mujer se recostó en el respaldo y cerró los ojos con gesto cansado. Cuando volvió a abrirlos su mirada era triste, casi dulce. Esto era aún peor.

—Sí, tienes razón. Perdona, Andrés. Perdona. Es mi manía de ordenarle la vida a todo el mundo. Bueno, me parece que tengo que irme. Te llamaré cuando me diga algo el abogado.

En un instante había recogido sus cigarrillos, su encendedor, su bolso, y ya estaba de pie.

Siempre fue muy rápida. Andrés también se puso de pie y la besó con torpeza en ambas mejillas. Unos besos ligeros, rutinarios: a fin de cuentas, él estaba incluido ahora, para ella, en la ingente categoría de "todo el mundo".

—Hasta pronto.

La vio alejarse hacia la puerta con su taconeo rápido y airoso. Un par de ejecutivos se volvieron para contemplarla. Cuando vivían juntos, pensó Andrés, no se arreglaba tanto. Llevaba el pelo de otro modo, y las gafas de progre. Cuando vivían juntos estaba más fea. Pero, aun así, tuvo que confesarse Andrés mientras roía la última corteza carbonizada de la hamburguesa, aun así, la había amado.

Isabel se ajustó las gafas y contempló la fotografía admirativamente. Ocupaba las páginas centrales de la revista y centelleaba como una joya oscura. A la derecha, un sol incandescente; a la izquierda, la vastedad inimaginable del espacio. Y ahí, perdidos entre el polvo estelar, estaban Venus y la Tierra, dos menudencias apenas visibles flotando en la negrura chisporroteante. Era una imagen conseguida por el *Voyager*, la primera foto del sistema solar, el primer *retrato de familia*. La mujer suspiró.

Antonio se incorporó con brusquedad, una mano arrugando el borde de la toalla y la otra sujetándose ansiosamente el pecho.

—Me siento mal —dijo.

Y se dejó caer sobre la felpa a rayas.

—Eso es el sol. Te dije que te taparas la cabeza —le reconvino Isabel en tono distraído y sin abandonar la lectura.

Antonio jadeó. La mujer bajó la revista y le observó con mayor atención. El hombre permanecía muy quieto y su rostro tenía una expresión blanda y descompuesta, como si fuera a quebrarse en un sollozo.

—¿Qué te pasa? —se inquietó Isabel.

—Me siento mal —repitió él en un ronco susurro, con los ojos desencajados y prendidos en el cielo sin nubes.

Transpiraba. La calva del hombre se había perlado súbitamente de brillantes gotitas. Claro, que hacía mucho calor. Más abajo, los profundos pliegues de la sotabarba eran pequeños ríos, y, más abajo aún, el pecho cubierto de canosos vellos y el prominente estómago relucían alegremente en una espesa mezcla de sudor y ungüentos achicharrantes. Pero las gotas de la calva eran distintas, tan duras, claras y esféricas como si fueran de cristal. Lágrimas de vidrio para una frente de mármol. Porque estaba poniéndose muy pálido.

—Pero, Antonio, ¿qué sientes, qué te duele? —se angustió ella.

—Tengo miedo —dijo el hombre con voz clara.

Tiene miedo, se repitió Isabel confusamente. La mano se crispaba sobre su pecho. La mujer se la cogió: estaba fría y húmeda. Le alisó los dedos con delicadeza, como quien alisa un papel arrugado. Esos dedos moteados por la edad. Esa carne blanda y conocida. Apretó suavemente la mano de su marido, como hacía a veces, por las noches, justo antes de dormirse, cuando se sentía caer en el agujero de los sueños. Pero Antonio seguía contemplando el cielo fijamente, como si estuviera enfadado con ella.

—Ya han ido a buscar al médico —dijo alguien a su lado.

Isabel alzó el rostro. Estaba rodeada por un muro de piernas desnudas. Piernas peludas, piernas adiposas, piernas rectas como varas, piernas satinadas y aceitosas, atentísimas piernas de bañistas curiosos. Entre muslo y muslo, en una esquina, vio la línea espumeante y rizada del mar.

—Gracias.

El muro de mirones la asfixiaba. Bajó la cabeza y descubrió la revista, medio enterrada junto a sus rodillas, aún abierta por la página del *Voyager*. Los granos de arena que se habían adherido al papel satinado parecían minúsculos planetas en relieve. Estamos en la foto, se dijo Isabel con desmayo; lo increíble es que estamos en la foto. Ahí, en esa diminuta chispa de luz que era la Tierra, estaba la playa, y la toalla de rayas azules, y el bosque de piernas. Y Antonio jadeando. Aunque no, la foto había sido tomada tiempo antes, a saber qué habrían estado haciendo ellos en ese momento. Quizá el disparo de la cámara los pilló durmiendo, o jugando con los nietos, o cortándose las uñas. O quizá sucediera el domingo pasado, cuando Antonio y ella fueron a bailar para festejar el comienzo de sus vacaciones. Era en una terraza del paseo Marítimo, con orquestina y todo; trotaron y giraron y rieron y bebieron lo suficiente como para ponerse las orejas al rojo y el corazón ligero, y luego, a eso de las once, cayó un chaparrón. El aire olía a tierra caliente y recién mojada, olía a otros veranos y otras lluvias, y regresaron al hotel dando un paseo, cogidos del brazo e inmersos en el aroma de los tiempos perdidos. Sí, ése tuvo que ser el momento justo de la foto, una pequeña y cálida noche terrestre encerrada en la helada y colosal noche estelar. Antonio gimió e hizo girar los ojos en sus órbitas.

—Me estoy muriendo.

—No digas tonterías —contestó Isabel—. Uno no puede morirse con el sol que hace.

Era verdad. ¿Dónde se había visto una muerte a pleno sol, una muerte tan pública, tan iluminada, tan impúdica? Isabel parpadeó, mareada. Hacía tanto calor que no se podía pensar. Y la luz. Esa luz cegadora, irreal, como la de los sueños. Restañó el sudor de la frente de Antonio con la toalla de rayas azules y luego, tras doblarla primorosamente, se la colocó bajo la nuca. Antonio se dejaba hacer, rígido y engarabitado. Tenía las mejillas blancas y los labios morados.

—Mamá, ¿está muerto ese señor? —preguntó un niño a voz en grito señalándolos con un cucurucho de helado.

—Shhhh, calla, calla...

En el círculo de piernas expectantes no corría ni una brizna de aire; olía a aceite bronceador y a salitre, a carne caliente y podredumbre marina. Al niño le goteaba la vainilla del helado por la mano. Tendré que pasar por la cestería y anular el encargo del sillón, se dijo Isabel, abrumada por el sofoco, por el peso de la luz y el estupor. De la orilla llegaron las risas de un par de muchachos y el retumbar pasajero de una radio. La fría mano de Antonio apretó tímidamente la suya, como hacían, a veces, antes de dormirse; pero ahora el hombre jadeaba y contemplaba el cielo con los ojos muy abiertos, unos ojos oscurecidos por el pánico. Tan indefenso como un recién nacido. Isabel sorbió las lágrimas y, por hacer algo, se puso a limpiar de arena el cuerpo de su marido.

—No te preocupes, el médico debe de estar a punto de llegar.

Y también ella miró hacia arriba, intentando entrever, más allá de la lámina de aire azul brillante, la gran noche del tiempo y del espacio.

Parece tan dulce

Parece tan dulce y es feroz. Contemplen la sala: está llena de gente vestida de fiesta. Un tercio de esa gente, haciendo un cálculo optimista, son personas que no me quieren bien. Todos mis competidores, todos mis verdugos y todas mis víctimas. Llevo quince años en la firma, los cinco últimos como director de personal: no ha sido fácil. Pero de entre todos esos señores y señoras que me odian sé con certeza que la peor es ella. Ella es mi mayor enemigo. Estoy muy seguro de lo que digo porque la conozco bien: es mi mujer.

Y eso que están presentes los más belicosos, los más tenaces de mis adversarios. Donatella, la licenciada en Económicas con un máster en Harvard que entró como secretaria mía porque no encontraba trabajo con la crisis, y que un día me echó lenta y deliberadamente un carajillo hirviendo en los pantalones porque yo le había pedido que nos trajera unos cafés a la reunión. Zaldíbar, que me tiranizó los seis años que fue mi jefe, firmando como suyos, sin yo saberlo, todos los informes que le hice. Contreras, que aspiraba a mi cargo y perdió la contienda, ayudado en la derrota, probablemente, por el hecho casual de que yo me hubiera hecho socio del mismo club de tenis que el Director General, con quien llegué a trabar cierta amistad a golpe de raqueta (no soy un santo, pero tampoco un cerdo como Zaldíbar: digamos que estoy asentado en el más común y vulgar nivel de indignidad). Pues bien, pese a estar presentes estos tres pesos pesados de la hostilidad, ella sigue siendo el mayor enemigo que tengo en esta sala y en el planeta. El hecho de estar casados sólo agrava la cosa. Duermo con ella, con mi feroz enemiga, y en mis noches insomnes me parece escucharle rumiar, en el silencio de sus sueños, ocultos planes de futuras venganzas.

Parece tan dulce. Ahí está, al otro lado de la sala, apoyada en la pared con su fingida y elegante desgana de siempre, hablando con alguien a quien no conozco: mírenla, ahora se la ve bien entre la gente, las espesas aguas de la concurrencia se han abierto un poco, creo que acaban de sacar los canapés calientes y ha habido una deriva de glotones hacia la puerta. Hay que reconocer que se mantiene guapa: se toma su trabajo para ello, desde luego. Se tiñe el pelo, se da masajes, hace gimnasia todo el día (quiero decir, siempre que está en casa: es abogada y trabaja en un despacho laboralista), se llena la cara de potingues, de mascarillas horrendas, de cremas apestosas; se mete en la cama por las noches tan resbaladiza y aceitosa como un luchador de sumo en un campeonato. En esto compruebo una vez más que es mi enemiga y puedo medir el odio y el desapego que me tiene: tantos esfuerzos por mantenerse guapa ¿para quién? Debe de ser para Donatella, para Contreras, para Zaldíbar. Para mí no es, eso está claro, a mí me ofrece la tramoya del afeite, un gorro de plástico en el pelo, un aspecto ridículo. No sé si lo hace por sadismo: para afrentarme con su presencia. O si, lo que sería peor (lo que sospecho), lo hace simplemente porque no me ve, porque no me tiene en consideración, porque no existo. Muchas veces en mi vida, con diversas personas, me he sentido así, de cristal transparente: pero no estar en su mirada, en la mirada de ella, es lo más duro.

Cuando estoy es peor. A veces me echa un vistazo desapasionado y dice:

—¿Por qué no te compras el monoxinosequé ése, esa loción que se dan los hombres contra la calvicie?

O bien:

—Deberías cuidarte un poco más.

No parecen frases muy crueles, pero tendrían que oír el tono. Y la imagen de mí mismo que me ofrecen sus ojos. Estoy allí, en el fondo de las pupilas de ella, pequeñito por todas partes, más pequeñito aún de lo que sé que soy, con mi calva incipiente y mi barriga incipiente y mi derrota incipiente. Y entonces no le digo a mi mujer que llevo años frotándome la coronilla con minoxidil sin mejoría apreciable, y que en el secreto de mi cuarto de baño hago abdominales, y que lo peor es que intento cuidarme y que la ruina incipiente de mi aspecto es el pobre resultado de todos mis desvelos. Para disimular, hago como que no me interesa nada mi apariencia física, como que desdeño esas banalidades. Es un viejo recurso que he usado desde la infancia: pretender que no me importa aquello en lo que he fracasado. Pero sé que mi mujer sabe mi truco. Y también sabe que yo sé que ella lo sabe. Es humillante. Mi mujer es mi mayor enemigo porque me humilla.

Quizá no es culpa suya. Quizá todo esto sea también tan duro para ella como lo es para mí. Al principio no fue así: al principio yo me miraba en ella y veía un dios. Sé que me quiso con locura. Lo sé, aunque no lo recuerdo; hoy me es tan difícil imaginarla enamorada de mí que, si no guardara todavía algunas arrebatadas cartas suyas, y, sobre todo, si no tuviera como prueba principal el hecho inaudito de que acabó casándose conmigo, creería que todo había sido producto de mi imaginación. Recuerdo, eso sí, que un día se apagó su mirada como se apaga la luz de un reflector. Y entonces yo dejé de estar bajo los focos y ya no volví a ser jamás el protagonista de esta mala película.

Las mujeres son así. O al menos muchas mujeres, sobre todo las que son apasionadas, como ella. Son terribles porque lo quieren todo. Porque no se conforman. Porque en el fondo pretenden encontrar al Príncipe Azul. Y cuando creen haberlo hallado, se emparejan; pero al cabo de unas semanas, de unos meses, de unos años, una mañana se despiertan y descubren que, en lugar de haberse estado acostando todas esas noches con el Príncipe, en realidad lo han estado haciendo con una rana. Lo peor es que entonces desprecian a la rana y abominan de ella, en vez de aceptar las cosas tal cual son, como yo mismo he hecho. Porque también mi mujer es mitad batracia, como todos; pero a mí no me importa, incluso me gusta. A veces, por las noches, mientras ella duerme en nuestra cama común (que es un desierto), yo la vigilo agazapado en la penumbra, esperando el prodigio. Suspira ella, se agita entre sueños, unta de crema de belleza toda la almohada; yo escruto a mi mujer atentamente, la veo un poco rana, algo verdosa, me atrevo a ponerle una mano en la cintura; ella ronronea sin despertar, como si le gustase; me acerco más, me cobijo en la tibieza de su espalda como antes, palpitan los segundos en la noche, aquí estamos los dos siendo otra vez uno, compañera de charca al fin aunque sea dormida. Entonces me duermo yo también en esa postura inverosímil; y al cabo de un instante de plácida negrura alguien me sacude, me despierta. Es ella, que está erguida sobre un codo, contemplándome de cerca, la cabeza levantada como una cobra. La cobra mira a la rana y dice:

—Roncas. Ya estás roncando otra vez. Date la vuelta.

¿Por qué sigo con ella? Parece tan dulce a veces, sobre todo cuando está callada, cuando está ensimismada en otra cosa: será por eso. ¿Y ella por qué sigue conmigo? Es una pregunta que no me atrevo a contestar. Sé que soy una decepción para ella: incluso lo soy para mí mismo. Sé que me falta pasión, vitalidad, empuje. Sé que mi mujer se desespera cada vez que me ve pasar las horas delante del televisor, absorto en unos programas que, por otra parte, aborrezco. Un día, hace ya años, era un domingo por la tarde y estábamos viendo una película en el vídeo, mi mujer bostezó, se estiró y se me quedó contemplando pensativamente:

—Quién sabe, quizá sea esto todo lo que hay —dijo con lentitud—. Es como cuando dejas de creer en Dios en la adolescencia, cuando un día te das cuenta de que no hay cielo ni hay infierno y que esto es todo lo que hay.

Dicho lo cual se levantó del sofá y se puso a hacer pesas furiosamente en un rincón de la sala: para qué, para quién. Si esto es todo lo que hay, a qué viene tanta gimnasia. Mírenla: está todavía guapa, ya lo sé. Quizá se arregle para Zaldíbar. Para Contreras. Para Donatella. O quizá para ese hombre con el que lleva tanto rato hablando y que no sé quién es. Tal vez a mi mujer se le hayan vuelto a encender los faros de sus ojos y esté mirando a ese tipo con la luminosa mirada del enamoramiento, que siempre es la misma y siempre parece nueva. No quiero ni pensarlo. Antes, hace años, era celoso. Ahora tengo tantas razones para serlo que no puedo permitírmelo.

Ese estruendo que acabamos de escuchar de algo que se rompe definitivamente no fue mi corazón, contra todo pronóstico, sino que me parece que ha sido un trueno. Sí, ahora truena otra vez, y a través de las ventanas se ve un cielo tan negro como el futuro. A ella le dan miedo las tormentas. Un miedo pueril que es parte de su cuota de rana, de imperfecta. Mírenla: ya se ha puesto nerviosa. Ha vuelto la cabeza hacia los balcones, baila el peso del cuerpo de un pie a otro, se cambia el vaso de mano. Está buscando a alguien con los ojos. A mí. No quiero ser pretencioso, pero me parece que es a mí. Sí, ya me ha visto. Me mira. Me sonríe. Es una sonrisa que nadie ve: un fruncir muy pequeñito de los labios por abajo. Sólo yo sé que ella está sonriendo. Sólo yo conozco esa sonrisa. Y yo le digo: "No te preocupes, ya sabes que en las ciudades siempre hay buenos pararrayos". No se lo digo con la boca, pero ella entiende igual, desde el otro lado de la sala, lo que le he dicho. Eso es lo más cerca que estamos de la eternidad y del amor.

Recuerdo momentos. Buenos momentos. Los tengo guardados en la memoria para los instantes de mayor desaliento. Recuerdo cuando enfermé de gravedad con la neumonía y ella estaba tan fresca y tan serena en el incendio de mi fiebre, sus manos arropándome, entendiéndome y perdonándome como las manos de la Providencia. Recuerdo este invierno, cuando nevó y se cortó el fluido eléctrico: a la luz de las velas nos vimos distintos e hicimos el amor como si nos deseáramos, mientras los copos se asomaban sin ruido a la ventana. Y recuerdo las canciones que cantamos juntos en el viaje de vuelta de Barcelona, mientras conducíamos por la autopista a través de la noche: y lo que nos reímos. Escuchad el fragor: está diluviando. Ahí fuera llueve, en la intemperie. Es una noche desabrida y cruel, una oscuridad inacabable. Ella vuelve a mirarme, en la distancia. Entre toda la gente que hay en la habitación, me mira a mí. Fuera cae del negro cielo una lluvia de desgracias y dolores, de cánceres, fracasos, soledades, de envejecimientos, de miedos y de pérdidas. Y yo aprieto los dientes y aguanto el chaparrón, y sé que quiero a mi enemiga con toda mi voluntad, con toda mi desesperación. Con lo mejor que soy y con mi cobardía.

El puñal en la garganta

Tengo una foto en mis manos. Somos nosotros, Diego y yo, antes de que todo comenzara.
Es una imagen del principio, primordial. Tengo
un polvillo blanquecino en mis dedos. Son los
restos del veneno que le sirvo todas las tardes en
el vaso de sake: en cada toma un miligramo más.
Es una evidencia del deterioro, terminal. El polvillo ha manchado la foto, de la misma manera
que el sórdido presente mancha los recuerdos
hermosos del pasado. Están contaminados esos
recuerdos, tan envenenados como la copa de
aguardiente. Miro ahora la foto y no le reconozco. Es el rostro de un hombre que se sabe amado:
resplandece. Y era yo quien le amaba, aunque
ahora no atino a saber cómo ni por qué.

Hace seis meses que nos hicimos este retrato, apretujados en un fotomatón de la estación
de Atocha, cuando llegamos a Madrid. Hace seis
días que empecé a echarle los polvos en la copa.
Las mujeres somos buenas envenenadoras: es un
arte final que nos es propio. A los hombres les
gusta matar con grandes exhibiciones de violencia, como si se sirvieran del asesinato no sólo
para librarse de un enemigo, sino también para

hacer una demostración de poderío. Y así, estrangulan, apalean, descoyuntan y degüellan. Sobre todo aman las navajas, los cuchillos, las hojas afiladas. Los temibles hierros penetrantes. Si me oyera el psiquiatra diría que estoy obsesionada con los símbolos fálicos. En realidad era un psiquiatra muy malo. Gratis, de la Comunidad. Sólo fui un par de veces, cuando empezaron a sucedernos cosas raras.

Pero decía que los hombres gustan de matar violentando los cuerpos desde fuera, mientras que las mujeres preferimos la destrucción interior, que es más sutil. Somos especialistas en este tipo de asesinatos y gozamos de una larga tradición intoxicadora: desde la madrastra de Blancanieves a Lucrecia Borgia. A fin de cuentas, preparar una pócima letal es muy parecido a preparar una sopa de gallina, por ejemplo. Quiero decir que es una cosa de nutrición, que todo se queda entre pucheros. El envenenamiento como parte de la gastronomía.

A mí siempre me gustó cocinar. Y a Diego tirar dardos. En eso, y sólo en eso, se nos anunciaba de algún modo el destino. Nos conocimos precisamente así: yo cocinaba en un bar de la playa, en La Carihuela, en Torremolinos, y él ganó el concurso de dardos del local. Era muy bueno, yo nunca había visto nada semejante. Era capaz de clavar una flecha en el culo de otra. Llevaba unos dardos especiales, de madera y plumas, en un estuche de cuero despellejado. Había vivido en

Londres durante mucho tiempo, una vida nocturna de pubs, dianas de corcho y ocupaciones imprecisas y tal vez inconfesables. A mí me gustaba que fuera así, aventurero, cospomolita y enigmático. Tampoco mi vida había sido lo que se dice ejemplar. Soy de la generación del 68, he rodado mucho y no siempre por los sitios más adecuados. Viví un par de años en la India, he sido yonqui, me detuvieron una vez en Heathrow con unos gramos de opio. Cuando encontré a Diego hacía mucho que estaba limpia, pero el mundo me parecía un lugar bastante triste. Él me dijo: "Te puedo hacer daño, no te enamores de mí". Y eso me bastó para quedar prendida. Tengo cuarenta y cuatro años, Diego catorce menos. Pero hace seis meses apenas si se notaba la diferencia de edad: yo todavía conservaba un buen aspecto. Lo que siempre me ha fallado ha sido la sensatez, no el físico.

Cuando nos vinimos a Madrid llevábamos un mes viviendo en la gloria. Nuestra pasión era insaciable: llegamos a la estación de Atocha y nos instalamos en el hotel Mediodía, justo al otro lado de la plaza, porque cualquier otro sitio parecía demasiado lejos para nuestra urgencia. Le prendíamos fuego a la cama varias veces al día. Y no era sólo el sexo: a través de tanta carne yo creía recuperar mi espíritu. Queríamos querernos y empezar juntos una nueva vida. A veces se me saltaban las lágrimas y pensaba que era de felicidad. Tenía que haber aprendido para entonces que llorar siempre es malo.

El dinero se nos iba demasiado deprisa y necesitábamos buscar algún trabajo. Pero pasaban los días y no hacíamos nada. Una mañana de domingo, Diego llegó al hotel muy tarde y muy excitado. Venía con un transportista y traían entre los dos un enorme baúl. "Lo he comprado en el Rastro, en una tienda de antigüedades", dijo mientras lo abría. "Es auténtico y me ha costado baratísimo." Dentro había tres vestidos chinos de mujer, entallados, muy bellos, de satén bordado, y tres opulentos *p'ao*, el traje chino de hombre en el que luego se inspiró el quimono japonés (¿y por qué sé yo esto?), los tres negros y con el forro color fuego. Nunca había visto antes una seda como aquélla, tan densa, tan pesada. En el baúl estaban además todos los complementos necesarios: pantalones, zapatos, flores artificiales y agujas para el pelo, barras de maquillaje y joyas falsas. Había también una gruesa plancha de madera revestida de corcho, compuesta de tres paneles articulados; una vez montada sobre unos caballetes quedaba perfectamente vertical y del tamaño de una puerta más bien ancha.

"Y ahora viene lo mejor", dijo entonces Diego. Y sacó una caja lacada color musgo. Cuchillos. Estaba llena de cuchillos. Finos, delicados, de doble filo, la hoja larga y punzante, el mango de plata labrada con incrustaciones de nácar. Relampagueaban como joyas en su lecho de terciopelo verde oscuro. Recuerdo haberme extrañado de que la plata no estuviera ennegrecida, pero no dije nada. "Uno solo de estos puñales debe de costar lo que me han cobrado por todo el baúl, ha sido una ganga." Nos probamos la ropa: nos quedaba perfecta. Empecé a sentirme yo también feliz. Era una felicidad extraña, un poco intoxicante, como el burbujeo que te sube por la nariz cuando tomas champán. "Ya verás, montaremos un número de variedades, seremos un éxito", dijo Diego. El aliento le olía un poco a alcohol. Eso hubiera debido hacerme sospechar algo malo, o al menos algo raro, porque él jamás bebía ni una sola gota. Pero me sentía tan contenta y tan poderosa dentro de mi bello traje de china que ignoré los avisos. Suave suave el satén sobre mi piel, una caricia. Despojé a Diego de su quimono e hicimos el amor ahí mismo, en el suelo, entre cuchillos.

Los primeros cambios fueron tan sutiles que fui incapaz de percibirlos. Pensando ahora, desde el conocimiento de lo que después vino, me doy cuenta de que, tras la entrada del baúl en nuestras vidas, nada volvió a ser igual. Diego empezó a entrenarse: montó el panel de corcho en un rincón del cuarto, chinchetó en él una silueta de papel y se puso a lanzar los cuchillos. Al principio, hasta que cogió el pulso de la forma y el peso de las armas, las puntas de acero rasgaron alguna vez el borde del patrón. Pero enseguida, y para mi sorpresa, porque los puñales exigían una técnica muy distinta a la de los dardos, adquirió una precisión y una seguridad admirables. "Dentro de poco empezaremos los ensayos de verdad", dijo una tarde. "¿Cómo de verdad?", le pregunté, aunque sabía. "Contigo. Los ensayos contigo, en el panel." Me dejé caer sobre una silla. "Ni lo sueñes. No lo voy a hacer. No pienso hacerlo." Diego se volvió bruscamente hacia mí: tenía un cuchillo en cada mano y por primera vez le tuve miedo. Pero fue un sentimiento tan fugaz como un escalofrío. Sonrió: "No seas tonta: eso es lo que nos va a hacer famosos, eso es lo que dará a nuestro número su categoría. Sin eso no nos contrataría nadie. No tendrás miedo, ¿verdad? Si no estuviera seguro de que no te va a pasar nada no te pediría que lo hicieras, cariño. Ya ves que no fallo nunca".

Era cierto, no fallaba jamás. Me estremecí. Me acababa de dar cuenta de que hacía mucho que no me llamaba "cariño" y que no me trataba tan dulcemente. Hacía varios días que no nos amábamos. Cada vez empleaba más horas en sus entrenamientos: incluso se vestía desde por la mañana con el *p'ao*, decía que necesitaba acostumbrarse a las amplias mangas para que no le estorbasen en la tirada. El panel había ido saliendo de su rincón del cuarto y ahora estaba en mitad de la habitación. Me ponía nerviosa la visión omnipresente y protagonista de esa estúpida plancha de corcho y madera. O quizá me ponía nerviosa el progresivo ensimismamiento de Diego. En cualquier caso, yo salía cada día más. Me levantaba temprano y me iba del hotel, paseaba por el Retiro, tomaba limón granizado en los chiringuitos, me sentaba en los bancos de Recoletos a leer un libro, me metía en un cine. Incluso fui una vez al Museo del Prado. Y cuando regresaba al hotel, Diego seguía clavando puñales en el corcho. En la penumbra, porque la habitación estaba cada día más a oscuras. Empezó corriendo las cortinas, luego bajando las persianas más y más. "No soporto este sol, el verano en Madrid es inaguantable." Ahora estaba casi siempre de mal humor. Le había cambiado el carácter. Lo cual no era extraño, porque bebía. Bebía cada vez más y desde más temprano. Comenzó con cervezas, luego se pasó al whisky. Esos días fueron mi última oportunidad, ahora lo veo: hubiera debido marcharme entonces, pero no me sentía capaz de abandonarle. No ya por no poder vivir sin él, sino por no poder vivir sin mi propia pasión. Sin la ilusión de que la existencia podía ser un lugar mejor, sin ese centelleo entre las tinieblas.

Una tarde regresé al hotel y me encontré con que Diego me estaba esperando. Me arrojó uno de los vestidos chinos. "Póntelo. Vamos a empezar los ensayos." "Te dije que no pensaba hacerlo", contesté cruzándome de brazos. Fue un desafío que duró muy poco: de inmediato, sin un solo gesto, sin una palabra, Diego me dio dos bofetadas. Nunca me había pegado. "Póntelo." No estaba en absoluto furioso: su fría determinación era lo que le hacía más terrible. Aturdida, me quité los vaqueros, la camisa. Tantas

143

veces antes me había desnudado ante sus ojos, tantas veces había disfrutado de la dulce y turbia sensualidad de ofrecerme al amante. Pero ahora su mirada me quemaba la piel, me hacía daño. Me puse el traje; algo se revolvió en mi estómago: era un espasmo de odio. Me dirigí hacia el panel con resolución: en ese momento no me importaba hacer de blanco, no me importaba lo más mínimo. El odio crecía dentro de mi vientre, mezclado con la furia, el deseo de venganza, la necesidad de humillarle y vencerle. Apoyé la espalda contra el corcho, extendí los brazos y me agarré al marco de madera labrada. Diego comenzó a arrojar los cuchillos: los puñales silbaban en el aire estancado, en la penumbra tibia. Los dos primeros se clavaron a ambos lados de las caderas, los segundos junto a los hombros. Después las afiladas hojas se apretaron en el hueco de las axilas, en la cintura, en la línea de las piernas. Las dos últimas se hincaron junto al cuello; cerca, muy cerca, como besos de acero. No quedaban más cuchillos y yo seguía viva.

Diego se acercó y me apartó del corcho. De nuevo sin un gesto, de nuevo sin palabras, empezó a hacerme el amor con rudeza, incluso con violencia. Y a mí me gustaba. Le necesitaba de una manera feroz, absoluta, distinta. Había algo desesperado en la manera en que nos aferrábamos el uno al otro, en el modo de combatirnos por medio de la carne. Entonces es cierto que el odio se parece tanto al amor, pensé. Desde el suelo veía, en el panel, la silueta de mi cuerpo hecha con cuchillos, el perfil vacío de mi otro yo.

Nada más terminar me puse en pie: quería ducharme, hubiera deseado meterme en el mar, librarme de algo interior que me manchaba. Entonces fue cuando lo vi. Estaba todo extendido sobre la cama, ordenadamente dispuesto, como si fuera un bodegón. El gran sobre de papel marrón a un lado, luego los recortes de periódico haciendo un cuadrado, en el centro el folio mecanografiado. "¿Qué es esto?", pregunté. Diego se encogió de hombros: "Un sobre que me han dejado en recepción". Cogí los papeles. Los recortes estaban muy amarillos y eran todos del año 1921. *Trágico accidente en el circo Price. La muerte visitó la pista. Horror en el circo...* Miré el folio: era una hoja nueva, sin arrugar, escrita a no dudar recientemente. Decía así:

"El 17 de febrero de 1921, durante la función de noche del circo Price de Madrid, hoy desaparecido, Lin-Tsé, artista estrella de la velada y lanzador de cuchillos de gran fama, atravesó la garganta de su compañera en mitad de la actuación, causándole la muerte de manera instantánea. Era época de carnavales y el circo estaba lleno, de manera que dos mil personas pudieron contemplar, espantadas, el fallo irremediable, la sangre que inundó de inmediato la pista y el dolor de Lin-Tsé que, en su desesperación, se arrancaba los cabellos de su larga coleta y hubo de ser sacado de escena medio desvanecido. Y no era para menos, porque la víctima, la pobre Yen-Zhou, no sólo era su ayudante, sino también su esposa.

"Pero si alguno de esos dos mil horrorizados y conmovidos espectadores hubiera podido ver a Lin-Tsé pocos días después, sin duda se habría admirado ante la asombrosa recuperación del artista. Una vez secas las lágrimas de la primera noche, el hombre, inescrutable, no volvió a mostrar inclinación alguna a llorar a su muerta. En la compañía se rumoreaba desde hacía tiempo que Lin-Tsé mantenía una relación clandestina con Paquita, una de las muchachas del coro; la relación se hizo oficial apenas el artista quedó viudo, y cuatro o cinco meses más tarde se casaron. Paquita tenía quince años por entonces; Lin-Tsé, unos cuarenta, y Yen-Zhou, según los recortes de la época, había cumplido los sesenta y uno. La policía interrogó al artista varias veces, pero nunca consiguió probarle nada. Todos en el circo estaban convencidos de que Tsé, un gran profesional que jamás fallaba en su rutina, había asesinado a su esposa en medio de la función de gala, bajo la mirada de todo el mundo, en un crimen espectacular ejecutado dentro de un espectáculo, el crimen más evidente y menos disimulado, el crimen perfecto."

Los folios no tenían firma, el sobre carecía de remite. "¿Qué es esto?", pregunté de nuevo: mi voz sonaba chillona, extraña en mis oídos. "No sé. Supongo que me lo ha mandado el anticuario", respondió Diego. Volvió a encogerse de hombros y se sirvió una copa de una botella tripuda que yo antes no había visto. "¿Quieres? Es sake. Un aguardiente de arroz japonés. Muy rico. Creo que de ahora en adelante no voy a beber más que esto", dijo con un guiño. Y tenía razón. No ha vuelto a beber más que sake. Últimamente, sake envenenado.

A partir de ese momento las cosas no hicieron sino deteriorarse. Aunque, a decir verdad, lo sucedido, más que un deterioro, era y es un cumplimiento, la llegada inexorable de nuestros destinos, de un final extraño y sin embargo lógico para el que parecería que hemos nacido, de modo que nuestras existencias anteriores, todas las peripecias y avatares vividos, no habrían sido sino el tiempo de espera hasta llegar a esto. Y esto es el furor y la violencia, el odio que hoy nos une con más fuerza de lo que une la pasión amorosa más intensa. Nunca he dependido tanto de un hombre como dependo hoy de Diego. Por eso quiero matarle.

Durante un tiempo seguimos ensayando: todos los días, empleando en ello muchas horas. Ya no salíamos de la habitación del hotel: mi vida era un lugar angosto y el universo se acababa en el pasillo. Vestíamos las ropas chinas, dormíamos de madrugada, comíamos desganadamente las bandejas que nos subían, a deshora, camareras estúpidas a las que yo detestaba inmediatamente, porque creía ver en ellas a mis rivales, chicas jóvenes con las que Diego coqueteaba. Yo me había descuidado mucho: podían pasar varios días sin que me lavara, llevaba las uñas rotas y sucias, el pelo grasiento. Me miraba de refilón en los espejos (no soportaba, ya no soporto más mi visión directa) y me veía vieja. He envejecido tanto en unas pocas semanas que casi parezco otra persona.

Un día Diego se quitó el *p'ao*, se vistió con sus antiguos vaqueros y una camisa y se fue del hotel sin decir palabra. Yo me quedé temblando. Temblaba tanto que me tuve que sentar en la cama, ya que las rodillas no me sostenían. Tenía miedo porque pensaba que Diego se había ido para siempre. Pero también tenía miedo porque pensaba que iba a regresar. Me asusté tanto de mi propio susto que me eché a la calle y acabé, no sé cómo, en un centro de mujeres del barrio. Fue entonces cuando me enviaron a la consulta del psiquiatra. Creo que aquél fue mi último intento de escapar.

Durante algunos días repetimos los dos la misma rutina: Diego se marchaba por las mañanas y yo poco después. Por la noche regresábamos a nuestro estrecho encierro. El día de mi tercera cita con el médico no acudí. En vez de ir a la consulta fui andando a la Biblioteca Nacional y convencí a uno de los empleados para que me buscara el significado de la palabra *sipayibao*. Tardó bastante, pero al cabo regresó con la respuesta: era un arbusto parecido al zumaque, de la familia de las terebintáceas, pero en una variedad que sólo se daba en China. Era, además, mucho más intoxicante que su pariente europeo.

De hecho, la ralladura de sus raíces constituía un veneno poderoso; administrado en ínfimas cantidades, pero de forma continuada, alteraba al poco tiempo el proceso de coagulación de la sangre, de modo que la víctima fallecía a causa de derrames cerebrales o hemorragias que parecían naturales. Como se trataba de un veneno limpio, que no dejaba huella, había sido abundantemente usado, según decían las crónicas, en las épocas más turbulentas de la China de los mandarines, hasta el punto de que el último emperador de la dinastía Ming mandó arrancar, en 1640, todos los sipayibaos del país, y prohibió su plantación y tenencia bajo pena de muerte. Eso, ralladura del arbusto letal, era lo que yo tenía en una minúscula botellita que estaba en el baúl, revuelta con los demás pomos de los maquillajes.

Cuando Diego regresó aquella noche me comunicó que había firmado un contrato para que actuáramos en Carambola, un local a medias cabaré y a medias discoteca que está en la plaza del Ángel. Allí seguimos todavía; he de decir que tenemos mucho éxito y que hemos contribuido a que el lugar se haya puesto de moda. Todas las noches hay dos pases: a las doce y a las dos. Cerramos el espectáculo, que aparte de nuestro número es bastante vulgar: un travestido que imita a Rocío Jurado, un humorista muy triste, unas chicas ni demasiado jóvenes ni demasiado guapas con plumas en las caderas y los pechos pintados de purpurina. Luego salimos nosotros. Diego revienta globos y parte manzanas por la mitad con sus cuchillos, lanza armas desde el suelo, de espaldas o con los ojos vendados. Pero todo eso no son sino adornos, porque el número fuerte, lo que viene a ver la gente, es lo que me hace a mí. Al final redobla un tambor y yo me arrimo a la plancha de corcho y madera. Lo hago lentamente, mientras van acallándose las voces de la sala. Porque siempre se callan. Guardan un silencio absorto y casi litúrgico mientras Diego dispone sus cuchillos en hilera en la mesita auxiliar a su derecha. Y cuando coge el primero, cuando sujeta el puñal por la afilada punta y lo alza en el aire, centelleante, entonces el silencio es tan completo que resulta ensordecedor: es como un fragor en los oídos, un viento entre hojarasca, el rugido del agua espumeante. Aunque tal vez ese sonido que oigo no sea más que mi miedo, que me agolpa remolinos de sangre en la cabeza. Siempre estoy esperando que el próximo cuchillo sea el último.

Pero hasta ahora no lo ha sido, así que la vida continúa. Trabajamos, dormimos, comemos. Como cualquier persona. Y nos maltratamos: mucho más que cualquiera. Diego a veces es violento: cuando está muy borracho. Y yo le digo palabras espantosas, las frases más terribles que he dicho jamás. Siempre fui buena hablando; ahora soy buena hiriendo, haciéndole sentirse despreciable. Sé que le vuelvo loco cuando le hablo con todo mi odio. Es como si ahora Diego y yo sólo supiéramos vivir para hacernos daño.

Hace unos días empecé a echarle los polvos de sipayibao en la copa de sake. No es muy distinto a echar levadura en un bizcocho. Diego me quiere matar. Si yo no consigo terminar antes con él, él me asesinará una de estas noches, en mitad de la actuación, frente a todo el mundo. Me clavará un cuchillo en la garganta, como hizo Lin-Tsé con Yen-Zhou en el circo Price. A veces me pregunto qué nos ha sucedido. Me produce vértigo pensar en todos esos detalles inquietantes que rodean nuestra historia. Resulta extraño, por ejemplo, que Lin-Tsé, según explica uno de los recortes, muriera dos días después de su boda de un derrame cerebral. Y que yo intuyera, que supiera de algún modo, aun antes de ir a la Biblioteca Nacional, que el diminuto frasco en el que se leía esa única palabra, sipayibao, era una sustancia letal: mi arma secreta. O que la piel de Diego se esté poniendo oscura, un poco amarillenta: como de chino. Oh, sí, claro, el hígado, el sake, bebe tanto. Ahora sé que Diego había sido un alcohólico antes de conocerme. Y eso, su recaída, puede ser la causa de este infierno. Eso y mi masoquismo, eso y mis deseos autodestructivos, como decía ese estúpido psiquiatra. La pasión como dolor, la pasión como peligro. Sí, podría ser. Pero ¿por qué no dudo a la hora de escoger la dosis adecuada del veneno? ¿Por qué mi cuerpo ha envejecido tanto en tan poco tiempo? ¿Por qué ahora parezco estar más cerca de los sesenta años que de los cuarenta?

De modo que seguimos. Esto es, yo sigo emponzoñando su bebida y él sigue arrojándome los cuchillos cada noche, mientras yo espero, arrimada al panel, que me suba a la boca el sabor final del acero y la sangre. A veces, cuando está a punto de tirar el arma, creo adivinar (tarda un poco más de lo debido, hay un asomo de duda en su movimiento) que la trayectoria va a resultar fatal. Pero entonces algo cruza sus ojos fugazmente: un brillo de reconocimiento, un estremecimiento de la memoria. Y por una milésima de segundo somos capaces de vernos como fuimos, tal y como estábamos en la foto de la estación de Atocha, abrasados de amor y de deseo, ciegos de ganas de querernos: la pasión como vida, la pasión como belleza. Mueve entonces el brazo Diego imperceptiblemente, rectifica en último momento la dirección del tiro, y el cuchillo se clava una vez más junto a mi cuello con un sonido seco, borrando el dulce espejismo que nos unía al pasado y anegándonos nuevamente de odio. Así son nuestras noches, así pasan los días. No sé quién conseguirá esta vez acabar antes.

Tarde en la noche

¿Qué hubieras hecho tú? Estaba tirado en el portal, atravesado al pie de la escalera. Para pasar tenía que saltar por encima de su cuerpo. Al prestarme la casa, mi amiga ya me había advertido que esas cosas podían suceder. Yonquis y borrachos. Prostitutas con sida y vagabundos locos. ¿Qué hubieras hecho tú? Yo desanduve mi camino y salí de nuevo a la calle con el pulso galopándome en las venas. La retirada no sirvió de gran cosa: eran las cuatro de la madrugada y no se veía un alma. Y tal vez fuera mejor así, porque a esas horas y en ese barrio (en el centro de Madrid, cerca de la Ballesta, donde los edificios se pudren y las noches se pueblan de presencias siniestras) cualquier extraño podía convertirse en tu enemigo. Así que me quedé un rato ahí fuera, tiritando a pesar del bochorno, dudando entre el pánico a la noche negra o el temor al tipo caído en el portal. En esto consiste la vida justamente: en tener que decidir todo el tiempo entre un miedo u otro.

Me asomé con cautela al interior y el bulto seguía sin moverse. Estaría dormido, estaría drogado, estaría borracho; con suerte ni se enteraría de que una mujer pasaba a su lado. A la mezquina y polvorienta luz de la bombilla vi una cazadora de cuero negro, unos pantalones oscuros, unas piernas muy largas. Estaba tumbado sobre un costado, la espalda hacia mí. Me acerqué muy despacio hasta llegar al límite: tendría que vadearle con el siguiente paso. Aguanté la respiración y levanté el pie derecho. Levantarlo muy alto, afianzarlo en el primer escalón, salir zumbando por encima del cuerpo. Pero ¿y si me agarraba de un tobillo, como en los malos sueños? ¿Y si estaba ahí agazapado esperando mi paso, como un depredador espera a su víctima en la espesura? El automático de la luz tictaqueaba estruendosamente, pero creo que mi corazón era aún más ruidoso. Pasé por encima y mientras lo hacía vi aparecer su cabeza, redonda, casi pelada al cero; su perfil pálido y joven, los ojos cerrados, entreabiertos los labios; y, por último, el pequeño charco de sangre bajo la sien. Entonces sucedieron al mismo tiempo varias cosas: el tipo suspiró, se apagó la bombilla, yo grité y salí corriendo hacia arriba, tropezando en las tinieblas, volándome las espinillas con el filo de los escalones. Alcancé el primer piso, encendí la luz de un puñetazo, abrí mi puerta; y antes de cerrarla y apoyarme contra la hoja sin aliento, creí escuchar una voz que musitaba: "Por favor".

¿Qué hubieras hecho tú? Yo saqué la caja de las herramientas, cogí el martillo y, blandiéndolo defensivamente con la mano derecha, regresé al portal. Una decisión idiota, claro está, porque, de haberlo necesitado, habría sido incapaz de darle un martillazo en la cabeza. Pero he comprobado que en los momentos de apuro, cuando la realidad se muestra en toda su inmediatez y su crudeza, la vida es siempre absurda. De modo que me aferré absurdamente a mi martillo y descendí las escaleras hasta llegar a él. Seguía tumbado y se tocaba la sien con una mano; hizo ademán de incorporarse sobre el codo, pero se derrumbó.

—Estoy mareado.

¿Por qué no avisé a la policía? Tal vez porque le había visto la cara. Porque había suspirado. Me senté en el penúltimo peldaño.

—¿Estás bien? —dije; una pregunta también idiota.

—Estoy mareado —repitió.

—¿Qué te ha pasado? ¿Dónde estás herido?

—No sé...

Dejé el martillo a un lado y le ayudé a sentarse contra la pared. Era muy grande pero muy joven, casi un adolescente. En la cabeza tenía una pequeña brecha. Como la que se hizo mi hija hace seis años, cuando aprendía a montar en bicicleta. El chico me recordaba a mi hija; no porque sus rasgos se asemejaran, sino porque los dos tenían aún todo el futuro en la cara. Vistos desde la otra orilla de la edad, desde la madurez de los ya cumplidos cuarenta años, todos los jóvenes se parecen entre sí, lo mismo que para un occidental todos los chinos son iguales.

—Te tendría que ver un médico.

—No, no, estoy bien. Ya estoy bien. No es nada. Ya me marcho.

Se puso de pie y trastabilló. Le agarré de un brazo.

—Espera, hombre, espera. Sube a casa. Por lo menos te curaré la herida, te sientas un poco...

Le arrastré escaleras arriba algo refunfuñante, le metí en el cuarto de baño y le senté en el bidé. Limpié su cara, manchada de sangre seca, y luego desinfecté y estudié la herida. No parecía gran cosa.

—Deberían darte un par de puntos.

El chico se puso de pie y se miró detenidamente en el espejo.

—No es nada. Esto se cierra solo. He tenido peores.

Seguro que decía la verdad. Por debajo del rubiato y cortísimo pelo se adivinaban un par de cicatrices. También la mejilla derecha estaba cruzada por un tajo antiguo: una estrecha línea abultada y lívida que descendía con zigzag de rayo por su cara de niño. Aunque, ahora que le veía bien, a plena luz, alto, fuerte y rapado, con el chirlo canalla partiéndole el carrillo, ya no parecía tan niño como antes. Ni mucho menos.

—¿Qué edad tienes?

—¿Por qué?

El trallazo de su respuesta rezumaba desconfianza: *a ti qué te importa*, me venía a decir su mirada desdeñosa, su ronca voz de hombre. Porque era un hombre. Qué hacía yo a las cuatro de la madrugada en mi cuarto de baño con un hombre desconocido, con un rapado de chaqueta de cuero e infames cicatrices. La nuca se me quedó fría de repente. Salí del cuarto con premura, aturulladamente (dónde demonios estaría el martillo), intentando disimular mi agitación. El tipo salió detrás y se dejó caer en el sofá.

—Veintidós.

Le miré.

—Tengo veintidós años.

Se pasó las manos por la cara con gesto cansado. Sus ojos eran verdes y rasgados, con largas pestañas color cobre. Eran unos ojos hermosos y delicados, ojos de muchacha. O de adolescente melancólico. De nuevo me pareció muy joven. Indefenso y perdido, como yo, en la ciudad enemiga. Se quitó la cazadora y la tiró al suelo. Debajo llevaba una camiseta blanca desgarrada.

—Estoy matado.

—Te prepararé un café antes de que te vayas.

Porque yo quería que se fuera. Lo pensé mientras trajinaba en la cocina: ya no me asustaba como antes, pero que se fuera. Pero cuando salí, apenas tres minutos más tarde, el chico estaba roncando en el sofá: dormido se le veía tan inocente como mi hija. La camiseta se le había arrugado en la cintura dejando al aire un palmo de su abdomen: un estómago liso, pero no musculoso, blanco y delicado, ausente de vello, inmaduro y pueril. Pero sus brazos desnudos eran fuertes y curtidos y viriles. La contradicción entre esos dos fragmentos de carne, entre el vientre conmovedor y los brazos poderosos, resultaba inquietante, casi obscena (además, tampoco mi hija era inocente: había escogido a su padre, me había rechazado, competía conmigo, me torturaba, mis amigos decían que eso era el Edipo).

Así que me metí en el dormitorio y corrí la cama tras la puerta, por si acaso. De todas maneras sabía que no iba a dormir nada, llevaba muchos días con insomnio. Hacía un calor infame y no podía abrir del todo las persianas: era un primer piso y la ventana estaba al alcance de los bárbaros (ya me lo advirtió mi amiga al dejarme la casa). Y lo peor es que por las rendijas no entraba el aire, pero sí esa peste a basuras de las noches de agosto madrileñas. O tal vez fuera el olor del barrio, que se estaba corrompiendo como un cadáver viejo; olor a sexo en venta y a portales meados y a esquinas desconchadas y a esperanzas podridas. Qué esperanzas se pueden tener a los cuarenta y dos años, sin un duro, traduciendo horrorosas novelas mal pagadas y dando clases de inglés a domicilio, recién separada de un hombre al que creí que amaba (se enamoró de otra) y repudiada por mi hija de doce años, que ha preferido quedarse con él (y con la usurpadora).

Me desperté a la una sudando como un pollo y con la sensación de ser la única persona

que quedaba en Madrid tras no haberme enterado de la orden de evacuación por ataque atómi-
co. Recordé al chico y me vestí de arriba abajo
antes de correr la cama y salir del cuarto. Pero
en la casa no había nadie. Nadie. Miré por todas
partes, verificando que el pelado no se hubiera
llevado nada, aunque tampoco es que hubiera mucho que robar. Tal vez estuve buscando
también alguna huella, un guiño, una nota de
gracias; de modo que no sé bien si me alivió o
me decepcionó no encontrar ningún rastro. Era
como si el muchacho no hubiera existido.

Pasaron los días y me fui haciendo a mi
nueva casa. Recorrí las tiendas del barrio y conocí a los vecinos, casi todos ellos ancianos te-
merosos a la espera de la fatal llegada de los bárbaros: vivían en el edificio como quien habita
una trinchera y apenas si se atrevían a salir de
noche. Una tarde el más joven de los viejos, un
solterón vetusto que hacía las veces de portero,
me explicó con detalle cómo la ausencia de ley y
de orden nos tenía a las puertas del Apocalipsis.
Para colmo de males, añadió, últimamente estábamos en las garras de una banda, unos *esquines*
de ésos, de los calvos, que tenían aterrorizado al
barrio los muy bestias; apaleaban y acuchillaban
a gente por la calle y habían matado a un negro
en la esquina con Valverde. Pensé entonces en
mi chico de la cabeza rota, mi náufrago de la
noche del chirlo en el moflete, y se me ocurrió
que a lo mejor era de la banda. En realidad en el

fondo no me lo creía, pero empezó a divertirme el escalofrío de imaginármelo perverso. De haber metido en casa a uno de los gamberros más feroces. Y comencé a contar la historia: a los pocos amigos que habían sobrevivido a mi separación, y a Chema el editor, cuando fui a ver si tenía algún libro para traducir, y a los dos alumnos que aún no se me habían marchado de vacaciones. Fui adornando el relato en las diversas narraciones con una descripción cada vez más salvaje y torva del muchacho, y todos me decían que era una loca por haber actuado de ese modo. Pero lo decían con un punto de admiración, como siempre se admiran la aventura y el riesgo cuando el resultado es feliz. O como me admiraba yo misma, viéndome por primera vez en mucho tiempo como protagonista de mi propio cuento y recordándome en las dulces locuras de la juventud. Porque yo también había sido un poco hippy, y fumadora de *hash*, y había vivido aturulladamente cálidas noches interminables que luego, pese a todo, se terminaron.

Y estaba en ésas, entreteniendo la depresión con las mentirillas de mi vida, cuando un día de bochorno insoportable bajé al bar de enfrente a desayunar. Eran las cuatro de la tarde, me acababa de levantar y quería morirme, pero opté por pedir un café, un bocadillo de lomo y una cerveza, en ese orden. Estaba terminando cuando apareció. Me tocó en el hombro, me volví y era él. Más alto de lo que le recordaba, y sobre todo más guapo. Ahora sonreía y tenía un gesto encantador, unos dientes preciosos. Me estremecí, no sé si por miedo a mis propias ensoñaciones o porque me pareció atractivo. ¡Y podría ser mi hijo! Una vergüenza. Miré con disimulo a Pepe, el del bar, y asumí inmediatamente un aire maternal. Que no se me notara. Menos mal que ahí, en el bar, no había contado nada.

—Hombre, ¿qué tal estás? ¿Ya se te ha curado la cabeza?

—Claro, casi, no es nada. Oye, gracias por lo de la otra noche, tía. Me alegro de verte.

Estuvimos hablando un rato, aunque no recuerdo de qué. No me contó por qué le habían abierto el cráneo ni a qué se dedicaba; y yo, cosa extraordinaria, tampoco se lo pregunté. Al final sólo sabía que, para mostrarme su gratitud, quería invitarme a tomar algo, pero que en ese momento no llevaba suficiente dinero; que se llamaba Aitor, y que había quedado en pasarme a buscar por casa esa noche alrededor de las dos de la madrugada ("antes tengo que hacer algunos *bisnes* ") para darnos una vuelta y beber algo.

—¿Pero habrá algún local abierto tan tarde?

—A esas horas es cuando empieza a abrir Madrid, tía, tú no sabes.

Y no, en efecto no sabía. Llegó a las dos en punto con los ojos entornados y sacando pecho; me enseñó un puñado de billetes que llevaba en el bolsillo y una pequeña sonrisa de suficiencia, la sonrisa segura de sí de quien conoce bien la oscuridad. Era como Buffalo Bill conduciendo a una granjera novata por territorio indio. Caminamos por las calles entre contenedores desbordantes de basuras, árboles sedientos y mansas manadas de coches mal aparcados. Las noches madrileñas de verano tienen algo distinto: un cielo muy bajo, sin estrellas, y un silencio sonoro, lleno de ecos, en donde cualquier sonido reverbera. El repiqueteo de unos tacones, juramentos, risas, gritos aislados, el estallido de una botella rota.

Aitor estaba decidido a cumplir su papel de guía del infierno y me mostró todos los antros y las zonas urbanas más espesas. Las esquinas controladas por la antigua gente de bronce, viejos representantes de la marginalidad y del peligro, y los desfiladeros ocupados por los nuevos comanches. Putas greñudas insultaban a tambaleantes niñas guapas, las tribus enemigas se vigilaban entre sí sin acabar de decidir si rehuirse o pegarse, chulos y camellos defendían con tesón sus territorios. Y, entre medias, unos cuantos centenares de forasteros, chicos y chicas que venían al ombligo de Madrid desde la periferia de la ciudad atraídos por el turbio temblor de lo canalla. Bebimos demasiado, caminamos mucho, cogimos algún taxi, entramos y salimos de locales ensordecedores y agitados. Hay tantísimas personas en la noche, todas hambrientas de algo. Creo que fue en San Blas, en un sitio denso y pegajoso llamado Consulado o tal vez Canciller, moviéndome al ritmo de la música entre muchos otros cuerpos sudorosos, cuando advertí que, por un extraño fenómeno de la verticalidad y la cronología, Aitor se encontraba al alcance de mis labios.

Cuando llegamos a casa estaba amaneciendo. ¿Qué hubieras hecho tú? Yo le desnudé despacio, disfrutando de la revelación de su cuerpo. El pecho pálido, liso e inocente; los muslos robustos; las caderas tibias y gloriosas. Se me había olvidado que bajar un pantalón podía provocar tanta languidez y tanta fiebre. Por la ventana entraba una luz grisácea y primeriza que no alcanzaba a deshacer las sombras remansadas en las esquinas. El mundo era eternamente joven y yo también.

No recuerdo exactamente cuándo vi la noticia en el periódico: tal vez dos o tres días después. La vida, mientras tanto, había seguido siendo un lugar turbador y excitante. Nos levantábamos muy tarde, él se marchaba sin decir adónde, yo intentaba traducir, comer, pensar y ser en mitad del calor y el torbellino, nunca quedábamos en nada pero siempre reaparecía de madrugada. Yo no sabía su teléfono, ni dónde vivía, ni qué hacía: Aitor era el misterio. Pero ese misterio se me pudrió dentro cuando leí el reportaje. Hablaba de mi barrio y del grupo de *skinheads* que tenían aterrorizado al vecindario. La policía los consideraba especialmente peligrosos y les atribuían diversas violaciones, apaleamientos, robos y dos muertes, una de ellas un mendigo que fue quemado vivo; pero no les podían detener porque ningún testigo osaba denunciarlos. Se los conocía, en fin, como la banda del *Rajado*, porque el líder era un tipo alto con la cara cruzada por un tajo. Esa cicatriz endurecida y pálida, pensé inmediatamente; ese camino de carne rota que yo he recorrido golosamente con la punta de mi lengua hasta llegar a los confines de su boca. Desde que leí la noticia las sospechas empezaron a envenenarme. Fue una ponzoña lenta y dolorosa.

Porque yo le tenía miedo. Al principio fue tan sólo un temor confuso y básico, el miedo elemental al peligro del hombre que casi siempre experimenta la mujer al comenzar una relación con un varón. Pero después de leer el reportaje los riesgos se fueron concretando y se hicieron persecutorios y obsesivos. Me asustaba Aitor, y cuando nos encontrábamos le escrutaba a hurtadillas, intentando adivinar qué había detrás de sus gestos de adulto y su rostro de niño. ¿Era ésa la cara de un asesino? ¿Y ésos los ojos de un violador? Esas manos fuertes y ásperas con las que me encendía, ¿habían blandido cadenas, triturado huesos, sudado las cachas de una navaja? Él era, en la calle, silencioso y seco, taciturno; cuando estábamos solos, juguetón y aniñado; y en la cama, salvaje. No me atrevía a interrogarlo directamente y empecé a ponerle trampas. Le hablaba de los negros, de los vagabundos. Él se reía de mí y de mi súbita preocupación por los marginados. Una tarde en un bar, estando él a unos metros de mí, de espaldas en la barra, dije en alta voz: "¡Rajado!". Sc volvieron todos menos él.

Pero el miedo aumentaba, y cuanto más le temía más le deseaba y más enferma me sentía. Le llevaba veinte años, podía ser un asesino, yo estaba loca. Los vecinos empezaban a mirarme con desconfianza: les escandalizaba la presencia de Aitor. Yo los rehuía, de la misma manera que rehuía a mis amigos, a mis familiares, a mis conocidos. A ratos me sentía avergonzada de mí misma y más perdida que esas viejas putas quc salían de sus guaridas por las noches y subían como una espuma negra por la calle arriba. Me espantaba especialmente que mi ex marido pudiera enterarse: qué pensaría él de mí, y qué le diría entonces a mi hija, rabiosas barbaridades que la alejarían para siempre de mí. Pero después recordaba que mi marido se había ido con una chica a la que llevaba quince años. ¿Quién era él para decirme nada? Y entonces pensaba en Aitor no desde mis miedos, sino desde la memoria de mi cuerpo y el calor de mi corazón, y me sentía en la gloria. No es él, Aitor no es el Rajado, me convencía a mí misma: es demasiado hermoso, demasiado dulce.

Era dulce, en efecto, con una dulzura torpe y desabrida. Como quien no ha usado esa cualidad en mucho tiempo, o como quien ha sufrido una mutilación y le ha quedado un muñón sensible y dolorido. Aitor era un manco de corazón, un cojo emocional. Necesitado y receloso. Qué le habrían hecho, para dejarle así. Pero también, pensaba yo inmediatamente con el veneno de la duda, qué habría hecho él. La sentimentalidad no es ajena al horror: Hitler amaba a su Eva Braun y acariciaba niños. Y además, ¿no tendíamos a adjudicar a la belleza física unos atributos de bondad inexistentes? ¿Como si los seres hermosos no pudieran ser feos moralmente? Y, sin embargo, había habido en la historia perversos asesinos de perfil deslumbrante. Reflexionando en estas cosas, oyéndole dormir quietamente a mi lado, volvía a perderme en unos remolinos de angustia que me dejaban rota.

No podía seguir así, ya no podía aguantarlo, de modo que empecé a inventarme excusas, a decirle que no dormiría en casa y que no viniera. Y él, a su vez, empezó a ponerse tenso y agresivo. "Qué pasa, tía, ¿te avergüenzas de mí?", rugió un día cuando, al bajar las escaleras, yo me adelanté unos pasos para que el portero no nos viera salir juntos: y en su voz había odio. Esa noche no vino. Para entonces yo ya no trabajaba, no comía, no dormía, no contestaba las llamadas de mi familia ni de mis amigos: estaba como perdida de mí misma, ocupada por él o por su ausencia.

A la mañana siguiente a aquella noche fui a ver a mi madre, a la que tenía abandonada, como a todo lo mío. Regresé a la hora de la siesta: el mundo era una hoguera y la casa un horno. Entré y me fui directamente a la cocina a buscar una cerveza en la nevera; y, cuando me enderecé y cerré el frigorífico, él estaba allí. De pie, a mi lado, en la cocina. Di un chillido y un brinco hacia atrás.

—¡Qué haces aquí?

—Tranquila...

—¿Cómo has entrado?

—Por la puerta. Empujé y estaba abierta.

—Eso es mentira. No te acerques.

—Palabra, tía. ¿Qué pasa? Empujé y se abrió.

Se fue a la puerta y llevó a cabo una demostración práctica de cómo se podía entrar de un empellón, lo ves, si no cierras con llave en realidad no cierras (¿pero había echado yo la llave esa mañana?), y juró inocencia, y me pidió disculpas por el susto, y sonrió a labios llenos con sus dientes hermosos, dientes sanos y fuertes, dientes de lobo joven bien afilados, tan distinta su boca de la sumida boca de mi madre, un agujero negro orbitado de arrugas, y las costras de papilla reseca en el mentón, y los ojos seniles y vacíos, y el olor a sopa rancia y a orines de la residencia. Tan llena de muerte venía yo, y de vejez extrema, que la sola contemplación del terso rostro de Aitor, y la tibieza de su carne joven, eran para mí una especie de bálsamo, una cura de urgencia. Así que me abracé a él, y escondí la nariz en el hueco de su cuello, de olor tan delicioso, y me dejé desnudar y amar con más ansia que nunca, como si eso pudiera sanarme de la decrepitud, esa enfermedad mortal que nos crece dentro. Y era tal mi necesidad que creo que él

advirtió algo y me quiso mejor, con más ferocidad y más ternura.

—Aitor —me atreví a decirle por vez primera al final—, Aitor, quiero saber más de ti. Qué
haces, adónde vas todas las noches, dónde vives.

Él me tapó los ojos con sus manos:

—No quieres saberlo. En realidad no
quieres.

Pero vi que se quedaba pensativo, como ausente; así que me enrosqué contra él, pese al calor,
en un rico nido de sudor con olor a sexo. Creo
que nunca nos sentimos tan cerca como entonces,
en la paz absoluta del que se considera amado.
Fue uno de esos raros instantes de plenitud en los
que todo lo creado está en su sitio.

Me desperté bruscamente varias horas
después y estaba sola. Alguien aporreaba la puerta: era el vecino que hacía las veces de portero.

—Venía a comunicarle de parte de la comunidad que anoche asaltaron a don Evaristo —
dijo muy agitado.

—¿A don Evaristo?

—Sí, el vecino del cuarto, el señor de la
verruga en la nariz. Una cosa horrorosa, le pega-
ron muchísimo y está en el hospital.

—Vaya, hombre, cuánto lo siento.

—Y fue dentro del portal, ya ve adónde llevan las bromitas estas, eran tres gamberros con
chaquetas de cuero, seguro que era la banda del
Rajado, ya ve, dentro del portal, ya me dirá usted
cómo fue que entraron.

—Pues no, no le diré porque no tengo ni idea ¿O es que está usted insinuando algo?

—No, si yo, decir, no digo nada. Pero eso, que estas cosas antes no pasaban. Antes los *esquines* esos no entraban en la casa. Ya sabíamos todos que esto de sus amistades iba a terminar mal.

Sentí cómo me trepaba la ira por el pecho, pero lo que más me indignaba era constatar que me estaba ruborizando. Es un viejo, me dije intentando calmarme, y tiene miedo. Así que me contuve y contesté:

—Está bien, gracias por el recado. No tienen ustedes ninguna razón en sus sospechas, pero extremaré las precauciones. Buenas noches.

Pero tras cerrar la puerta pensé, ¿son de verdad infundadas sus sospechas? Yo también tenía miedo: y tal vez incluso era culpable. Anoche, justo cuando no vino. Y todas las demás noches, en realidad. Porque, ¿qué hacía Aitor desapareciendo siempre a esas horas tan raras? ¿Por qué regresaba de madrugada? ¿Y de dónde sacaba el dinero? Estaba claro que no trabajaba en nada decente, porque durante el día dormíamos siempre hasta tardísimo. Podía ser un camello, por ejemplo. Al principio le busqué señales en el cuerpo, el rastro de la aguja, pero no encontré nada. Y un día me dijo, en una de sus escasas confidencias, que no le gustaba la droga, ninguna droga, porque se le habían muerto unos cuantos amigos. Pero yo sabía que muchos camellos están limpios; que venden el veneno a los

169

demás, pero ellos no lo prueban. Así que Aitor podía traficar con drogas, eso como poco; y como mucho podría ser el mismísimo Rajado. Y pensar que yo le había dado una llave del portal. A ver cómo han entrado, decía el viejo.

Aitor me había dejado una nota. La descubrí después, sobre la almohada. "Vendré luego, tarde. Perdona lo de entrar, no quería asustar te. Un beso." Me sorprendió su letra, redonda, irregular, insegura. Y el *te* de *asustarte* separado. No se le veía acostumbrado a escribir. Pero ahora, claro, los jóvenes son ágrafos. Mis alumnos de inglés tienen horribles faltas de ortografía, y eso que son universitarios. Guardé el papel en un cajón y me senté a ver crecer mi angustia. Vendré luego. No quería verle. No quería continuar con esa historia.

Entonces se me ocurrió ir a mirar la puerta. Perdona lo de entrar. Abrí la hoja y escudriñé el resbalón. Sí, eso era, oh sí, lo que me temía, lo que me sospechaba: el marco estaba forzado, la vieja madera astillada, el metal abollado, de manera que el resbalón quedaba holgado y no enganchaba. Tenía razón Aitor, si no se echaba la llave no cerraba. Pero lo que no había dicho era que él había estado manipulando la cerradura. Que la había roto. Vendré luego. La nota empezaba a parecerme amenazante.

Pasaron los minutos, pasaron las horas y al comenzar la madrugada yo me sentía enferma y mareada: de dudas, de miedo y de la ginebra que me había tomado, sola y sin hielo, porque era el único alcohol que tenía en casa y creí necesitarlo. Hasta que a eso de las dos escuché cerrarse el portal y oí los pasos. Pero no, no eran sólo sus pasos: le acompañaba alguien. Escuché voces, risas, una broma susurrada que no pude entender. Venían por lo menos un par de tipos más. Aitor llamó a la puerta. Yo me quedé quieta, aguantando la respiración y los latidos. Aitor volvió a llamar y después le dio un empujón a la hoja. Pero yo había echado la llave y el cerrojo.

—¡Abre, soy yo! ¿Qué haces?

No pensaba abrir, de eso estaba segura. ¿Por qué venía a mi casa con dos desconocidos? Eran tres los del asalto, eso había dicho el viejo. ¿Qué quería Aitor de mí? Yo no le conocía en absoluto, apenas si llevábamos dos semanas juntos, ¡en realidad era un extraño! ¿Cómo había podido ser tan loca? Yo le doblaba la edad, se me caía el culo, tenía celulitis, ¿por qué iba a quererme ese muchacho?

—¡Abre, tía! ¡Te he oído, sé que estás ahí! ¿Qué cojones te pasa?

Tal vez todo era una trampa, se había ganado mi confianza y ahora traía a los de la banda, para robar, aunque yo no tuviera nada que robar; o para maltratarme, violarme, mutilarme, ellos eran los bárbaros, los comanches, sus bestialidades llenaban los periódicos, todo por el puro placer de herir y de dañar. Como en la película *La naranja mecánica*, que yo había visto cuando joven. Pero los años habían pasado y ahora yo pertenecía ya a la otra generación, era la vieja a la que asaltaban, cómo había podido creerme que me quería y que podía atraerle, cómo me había metido en ese horrible lío. Para entonces Aitor ya estaba fuera de sí, me insultaba a voz en grito y pegaba patadas a la puerta, el escándalo atronaba la escalera y los vecinos debían de estar atrincherados en la oscuridad de sus casas, tiritando. Pero por lo menos la puerta no cedía.

—¡Joder, tía, estás loca! ¿Quieres humillarme? —rugió al cabo, ronco ya. Para después añadir bajito, casi con dulzura—: Hija de puta...

Y se marcharon.

La conversación con el portero, al día siguiente, fue durísima. Tuve que pedir disculpas, ofrecer unas explicaciones mentirosas, pagar de mi bolsillo el cambio de la cerradura del portal, prometer enmienda y escribir una cartita a cada vecino. Porque querían echarme y yo no tenía adónde ir. Llamé a la dueña de la casa a Estados Unidos y le conté la historia por encima; y mi amiga me dijo que la puerta llevaba rota un par de años, desde que alguien intentó forzarla una Semana Santa. Las cosas, en fin, se fueron calmando, esto es, todas las cosas menos mi congoja y mi desasosiego. Y pasaron así un par de semanas, y llegó el fin de julio, y mi hija volvió del campamento y tuvo a bien verme antes de irse con su padre a la playa. Así que vino a casa, y discutimos, y lloré aunque me había prometido no volver a hacerlo. Luego, a eso de las ocho, y para compensar la calamidad de la tarde, la invité a cenar una apestosa hamburguesa de las que a ella le encantan en el McDonald's de Gran Vía.

Llegamos allí andando, mientras mi hija protestaba de lo feo y lo sucio que era mi nuevo barrio: mi hija es una pija de doce años y además mi presencia, yo no sé por qué, parece irritarla. Rezongaba cuando nos pusimos en la cola e hizo el pedido aún malhumorada, con aires desdeñosos de princesa. El chico que nos atendía se quedó parado y fue eso, su absoluta inmovilidad, lo que me hizo mirarle. Hubiera preferido no reconocerle, pero lo hice. Era él. Era Aitor vestido con el absurdo uniforme del local, el chaleco a rayas y la ridícula gorrita. Nos quedamos contemplando con consternación el uno al otro, mientras los relojes se petrificaban y la Tierra se detenía. Al rato oí chillar a mi hija, como si su voz llegara desde muy lejos:

—Pero, mamá, ¿qué os pasa? —gritaba impaciente, golpeando el suelo con un pie.

—¿Esto es lo que querías saber? —murmuró él; y después, como saliendo de un conjuro, se volvió hacia la niña y le tomó el pedido.

De modo que era eso. El turno de noche del McDonald's. Le miré a hurtadillas: ahora se le veía tan joven, tan previsible, tan inofensivo. ¿Cómo me podía haber acostado con una criatura semejante? ¿Adónde iba yo con un chico así? Ahora se me antojaba un sueño delirante el haberle creído, siquiera por un momento, mi pareja: qué podría saber ese muchacho de mis problemas, de mi divorcio, de la guerra con mi hija, del horror especular de una madre con demencia senil, del desconsuelo de sentir que has desaprovechado ya la mitad de tu vida. No me atrevía ni a imaginar el origen de la cicatriz de su cara: tal vez una caída de bicicleta, como la de mi hija.

—¿Nos veremos alguna vez? —preguntó en voz baja cuando nos marchamos.

En la mesa más próxima, un viejo harapiento bebía cerveza con pajita de un vaso de plástico. Cómo he podido engañarme y engañarle así, pensé. Cómo he podido. Pero sonreí y le dije, esta vez conscientemente, la última mentira:

—Sí, claro, un día de éstos.

Y salí de McDonald's y de su vida sintiéndome una verdadera miserable.

Las bodas de plata

Me he enterado después de que la idea original fue de los gemelos. Los gemelos tienen quince años y nacieron de una reconciliación de Miguel y Diana. Se ve que se reconciliaron con fruición, porque les salieron repetidos. Miguel y Diana son nuestros padres, pero los llamamos así en vez de papá y mamá porque son bastante jóvenes y bastante modernos, y porque están empeñados en ser nuestros amigos en vez de nuestros padres, que es lo que de verdad deberían ser y lo que necesitamos desesperadamente como hijos. Pero ya se sabe que esa generación de cuarentones anda con la cabeza perdida.

Decía que la idea fue de los gemelos, aunque a mí me llamó Nacho, que es el segundo. Yo soy la mayor y la única que trabaja: escribo textos para publicistas. Así que Nacho me llamó a la agencia y me dijo que Miguel y Diana iban a cumplir las bodas de plata, y que habían pensado en hacerles una fiesta sorpresa, y traer a los abuelos del pueblo, y convocar a los tíos y a los amigos. Eso me dijo entonces Nacho, y ahora que sé que fue cosa de los gemelos lo entiendo mucho mejor, porque son unos románticos y

unos panolis y se pasan todo el día viendo tele-
filmes, de modo que se creen que la vida es así,
como en televisión, en donde el cartel de *fin*
siempre pilla a los protagonistas sonriendo, hay
que ver lo contentos que terminan todos los
personajes y sobre todo lo mucho que se quieren; la tele es un paraíso sentimental que rezuma
cariño por todas partes. De modo que los gemelos, que nunca han tenido una fiesta sorpresa en
su puñetera vida, pensaron que ya era hora de
que Bravo Murillo, que es la calle en donde vivimos, se pareciera un poco a California.

Pero el caso es que el paso elevado de
Cuatro Caminos no es el Golden Gate, y mis
padres no son artistas de película. Por ejemplo:
Miguel lleva en paro desde hace dos años, y aunque le dieron quince millones de indemnización
y aún no tienen problemas económicos, el hombre deambula por la casa como afantasmado, y a
veces se acuesta después de comer y ya no se le-
vanta en toda la tarde, y no pone música ni lee ni
corre por el parque ni hace ninguna de todas
esas cosas que antes decía que le gustaría hacer si
no tuviera que trabajar, y sólo se afeita una vez
cada cuatro o cinco días. Yo aconsejé a los gemelos que hicieran la fiesta sorpresa en uno de esos
raros días en los que mi padre se rasura, porque
si no iba a tener aspecto de gorrino.

En cuanto a Diana, anda de cabeza entre
su trabajo y la casa, y le saca de quicio que Miguel no la ayude.

—Sólo me faltaba dedicar mi vida a hacer la compra —dice Miguel con aire de dignidad ofendida.

—¡Machista, inútil! Sólo te pido que colabores un poco en vez de estarte todo el día aquí como un pasmarote sin hincarla —contesta mamá.

—Estoy buscando trabajo y eso lleva su tiempo —insiste él, aún más digno y más ultrajado.

—Y luego bien que te gusta comer a mesa puesta y olla caliente, bien que le gusta al señor tenerlo todo dispuesto y arreglado... —prosigue impertérrita Diana: he observado que cuando discuten no se escuchan, sino que cada uno va soltando su propio discurso en paralelo.

—No me entiendes, nunca me has entendido, te crees una persona muy importante, no eres capaz del más pequeño gesto de generosidad y de ternura, yo aquí hecho polvo y tú tienes que venir a fastidiarme con que si hago la compra, qué mezquindad la tuya...

—Y la culpa la tengo yo, claro. La culpa la tengo yo por consentirte tanto. Todo este tiempo viviendo como un califa y yo aperreada, que si los niños, que si la oficina, que jamás me has ayudado, nunca, nunca jamás, ni cuando estuve enferma, y ahora que no tienes nada que hacer, y que sólo te pido que me eches una mano, ¡si además te vendría bien para salir del muermo!, pues nada, venga a hacerte la víctima. Y pensar que llevo aguantándote así ya no sé cuántos años...

Verdaderamente creo que no era el momento más oportuno para festejar lo de las bodas de plata. Aconsejé a los gemelos que dejaran la celebración para el año siguiente, pero son unos pazguatos ritualistas e insistieron en que los veinticinco años se tienen que festejar a los veinticinco años, y no a los dieciséis o a los veintisiete. Por lo que yo sé, y ya llevo un montón de años con ellos (tengo veintidós), Miguel y Diana han tenido siempre unas relaciones un poco... ¿cómo decir? Difíciles. A veces se llevan bastante bien, a veces regular y a veces mal. Los últimos meses antes de las bodas de plata fueron horribles. Además, antes se reprimían un poco porque los gemelos eran pequeños, ésa es una de las pocas cosas que hay que agradecerles a ese par de criaturas duplicadas: que Miguel y Diana se mordieran la lengua y procuraran no mantener lo más ardiente de sus batallas frente al público, de modo que, antes, nosotros sólo asistíamos a las escaramuzas de los comienzos o a la fría inquina de las treguas. Un alivio. Pero un día nuestros padres decidieron que los gemelos ya habían alcanzado altura suficiente como para ser testigos de cualquier disputa, y se lanzaron a fastidiarse el uno al otro a tumba abierta.

—Que sí, que es un inútil, que lo digo con todas las letras, vuestro padre es un inútil, no os vayáis, no me importa que me oigáis, mejor, ya tenéis edad para enteraros de quién es vuestro padre —decía Diana.

—Miradla, miradla, mirad a vuestra madre, que no se os olvide esta energúmena, y luego ella me dice a mí que yo soy machista, ella sí que es machista y bruta, mirad bien cómo es —contestaba Miguel.

Momento que aprovechaban los gemelos para irse a ver la televisión y chutarse unos cuantos finales felices de telefilme en las entendederas.

He de admitir, sin embargo, que me convencieron. Lograron convencerme mis hermanos para que respaldara la fiesta sorpresa, tal vez porque todos llevamos muy dentro de nosotros la esperanza de que la vida sea un cuento rosa, que los policías sean siempre buenos y los gobernantes magnánimos y los ricos generosos y los pobres dignos y los intelectuales honestos y los padres coman perdices con las madres (o viceversa) por los siglos de los siglos.

—La verdad, Nacho, últimamente no hacen más que regañar, yo no sé si será adecuado... —protesté débilmente.

—Pues justo por eso, hay que festejar que hayan cumplido juntos un cuarto de siglo a pesar de las broncas, es un prodigio de supervivencia, si se llevaran bien no tendría ningún mérito —contestó mi hermano.

Y hube de reconocer que tenía su parte de razón en el argumento.

Entonces comenzaron los preparativos clandestinos. Los gemelos se lo comunicaron a los abuelos, que se mostraron encantados. Yo hablé con tío Tomás, el único pariente de mi madre, y también dijo que estaba dispuesto a venir desde Lisboa. Y Nacho avisó a las hermanas de Miguel. A tía Amanda, que es de buen conformar, le pareció muy bien. Y tía Clara, que, pese a su nombre, es un personaje fastidioso y oscuro, torció el gesto. Esto no lo vio Nacho, porque habló con ella por teléfono; pero yo sé que torció el gesto, porque entre tía Clara y Miguel media un mar de rencillas añejas, celos fraternales e impertinencias mutuas. Tal y como he podido reconstruir después, Clara se apresuró a telefonear a Amanda.

—Que dicen que quieren darles una fiesta sorpresa.

—Ya. Es una idea bonita, ¿no? —contestó Amanda en plena inopia.

—¿Qué dices? Menuda estupidez. Una fiesta sorpresa. A tu hermano, con lo borde que es. Yo, desde luego, no pienso ir si Miguel no me invita expresamente.

—Pero Clara, no puede invitarte, en eso consisten precisamente las fiestas sorpresa, en que ellos no saben que se va a celebrar.

—Ah, pues eso sí que no. Yo no voy así. ¡Que se lo digan! Yo no voy a su casa sin más ni más, sin que él lo sepa. ¡Faltaría más! Ya me juré las pasadas navidades que no volvería a poner un pie en casa de Miguel, por lo grosero que estuvo conmigo. Como para ir ahora a bailarles el agua tan contentos y tan ilusionados y que luego él ponga cara de perro, como siempre. Ni hablar.

O le preguntáis si le parece bien que le den una fiesta sorpresa, o no voy —sentenció Clara.

Así que Amanda llamó a los abuelos y les comunicó el ultimátum de su hermana, y los abuelos llamaron preocupadísimos a los gemelos y les contaron lo que pasaba, y los gemelos se lo dijeron a Nacho y Nacho me lo dijo a mí, y heme aquí otra vez en mi vida teniendo que apechugar con las malditas consecuencias de ser la mayor.

—Que qué hacemos —dijo Nacho.

—Y yo qué sé. Ha sido idea vuestra, sondeadles a ver cómo respiran, arreglaos solos que ya sois mayorcitos —contesté con firmeza.

Lo cual no me evitó el tener que hablar con mi padre al día siguiente. Con todo el tacto y la naturalidad de que fui capaz le comenté que habíamos caído en la cuenta de que iban a cumplir las bodas de plata, y que a mis hermanos y a mí se nos había ocurrido que podríamos hacer una celebración por todo lo alto, con los tíos y los abuelos y los amigos, y que... No pude decir más. Me fastidia tener que darle la razón a la quisquillosa tía Clara, pero es cierto que Miguel está imposible. Cortó mi explicación con un exabrupto y dijo que ni se había percatado de los años cumplidos porque no perdía el tiempo en tonterías tales como llevar la cuenta. Dijo también que no le apetecía para nada una fiesta y que le horrorizaba el solo pensamiento de tener que aguantar por unas horas a la familia en pleno. Y por último me largó una resonante perorata sobre los aniversarios y el día de la Madre y las bodas de plata y San Valentín, festejos que, según él, habían sido inventados pérfidamente por El Corte Inglés como añagaza capitalista para obligar al pueblo embrutecido a gastarse las perras en innecesarias fruslerías, perpetuando así el disparate consumista en que vivimos. Ahí ya me di cuenta de que mi padre se encuentra en plena crisis, porque hacía ya mucho que no soltaba uno de los discursos marxistas de su juventud, y sólo recurre a ellos cuando está hecho polvo.

De modo que se lo dije a Nacho, y Nacho se lo dijo a los gemelos, y devolvimos el televisor pequeñito que les habíamos comprado como regalo en El Corte Inglés, y entre todos les comunicamos la cancelación del plan a los abuelos, a las tías, a tío Tomás y a los demás amigos; y los abuelos se llevaron un disgusto de muerte, Clara dijo *loveisyalosabía*, Amanda comentó que qué aburrimiento de familia y el tío Tomás se puso furioso porque quién era Miguel para decidir por él y por su mujer. Y ello es que, en el calor de la irritación, Tomás llamó desde Lisboa a su hermana, o sea, a mi madre, y le contó toda la historia, que hasta ese momento ella ignoraba por completo. Y por la noche, cuando llegaron los gemelos del colegio, se encontraron a Diana llorando desconsoladamente y diciendo que a ella le hubiera hecho tantísima ilusión que le organizaran una fiesta sorpresa y celebrar sus bodas de plata, máxime cuando las primeras bodas de verdad fueron de chichinabo, porque entonces eran los dos progres y pobres y además Miguel estaba haciendo la mili en África y les casó un domingo un cura obrero en una iglesia de extrarradio que era un horroroso galpón prefabricado, un lugar feísimo sin una sola flor en un florero, y los dos estaban vestidos con vaqueros, y sólo asistieron cuatro amigos, y luego lo celebraron tomando un café con churros en el bar de la esquina y después Miguel se tuvo que coger el tren para Melilla. De modo que ayayay, cómo le hubiera gustado ahora festejarlo y comprarse un traje bonito y tener a toda la familia y a todos los amigos y comer cosas ricas y recibir regalos y celebrar que llevaban tantos años juntos pese a todo y que tenían cuatro hijos guapísimos. Y alcanzado este punto también los gemelos empezaron a llorar sincronizadamente, y así los descubrió Nacho cuando regresó a casa, los tres abrazados los unos a los otros y empapados en lágrimas; así que mi hermano me esperó esa noche hasta que yo llegué para contármelo, y tal como él me lo dijo yo lo he reflejado.

Bien. Entonces, al día siguiente, Nacho coincidió a la hora del desayuno con mi padre; y como quiera que los gemelos estaban indignados y le habían retirado ostentosamente el saludo a Miguel, éste le preguntó a Nacho que qué pasaba. Y mi hermano, aún turbado por la escena del día anterior y por el hecho de no haber podido desahogarse llorando (él cree, tiene veinte años, que llorar no es de hombres), le describió a

Miguel con minuciosa saña el melodrama de la víspera y las amargas quejas de Diana, hecho lo cual se marchó muy satisfecho a la universidad. Dos horas más tarde me llamó mi padre a la agencia sumido en la más negra de las desesperaciones y empezó a darse golpes de pecho metafóricos: se sentía tan culpable, era tan insensible y tan imbécil, cómo podía haberse portado de ese modo, la depresión te vuelve un egoísta, se encontraba arrepentidísimo de haberle estropeado la fiesta a todo el mundo y quería arreglarlo como fuera: estaba dispuesto a hablar con todos para disculparse debidamente y rogarles que siguieran adelante con los planes. Y ahí es cuando comprendí que mi padre estaba como nunca de mal, porque sólo le había visto hacer una demostración de humildad semejante en otra ocasión, y fue cuando estuvo a punto de morir con la peritonitis. Así que me apresuré a decirle que sí, que por mí todo olvidado y que estupendo.

Y, en efecto, Miguel pidió perdón a los gemelos y a Nacho, y luego llamó a todos los implicados uno a uno, con diligente entrega y palabras amables y modestas. De modo que a los dos días ya había amansado a Clara y a Tomás, llegado a un cordial entendimiento con Amanda y deleitado a los abuelos, que estaban felices de ver que por fin todo se enderezaba.

Pero no.

No porque entonces Diana dijo que una fiesta sorpresa que todo el mundo conocía ya no era más una fiesta sorpresa; y que entonces ella no quería fiesta alguna, porque no estaba para celebraciones teniendo un marido que no pensaba nunca en su mujer y que le amargaba la vida de ese modo y que había conseguido matar la sorpresa de la única fiesta sorpresa de su vida; y que esas cosas eran tan irreversibles como perder la inocencia o un dedo o el pelo de la cabeza o el apéndice; ya no podría ser sorpresiva la fiesta sorpresa de la misma manera que ya no podría regresar ninguno de los dos a los veinte años, que fue la edad a la que se casaron. Y diciendo esto se puso a llorar otra vez, de modo que Miguel telefoneó de nuevo a todo el mundo y les comunicó, tan triste como un perro abandonado, que se habían cancelado definitivamente las bodas de plata.

Cayó entonces sobre nosotros un silencio ensordecedor: después de tantas llamadas y de tantas palabras airadas o entusiastas que nos habíamos cruzado, esta súbita calma chicha era la paz de los cementerios. En verdad parecía que estábamos de luto. Así, comidos por el silencio, rumiamos todos nuestra desilusión durante varios días.

Y entonces tuve una idea genial, la mejor idea de toda mi vida. ¿Y si volviéramos a empezar desde el principio? Puesto que ahora tanto Miguel como Diana estaban seguros de que no iban a celebrar sus bodas de plata, ¿por qué no organizarles una fiesta sorpresa? Llamé a Nacho, él habló con los gemelos, los gemelos telefonearon a los demás. Milagro: esta vez no se oponía nadie.

Volvimos a comprar la tele, dibujamos un pergamino alusivo, reservamos un hotel para Tomás y los abuelos, diseñamos un plan con todos los amigos. Trabajamos durante una semana como locos.

Esta historia tiene un final feliz: después de todo, los gemelos consiguieron su telefilme. Llegó el día del aniversario, que era un viernes, y a eso de las ocho de la tarde aparecimos todos súbitamente en casa: habíamos quedado previamente en el bar de la plaza. Los gemelos lo habían organizado todo muy bien para ser, como son, adolescentes y mutantes, y empezaron a sacar bandejas y bandejas de rica comida que habían adquirido a escondidas en Mallorca. Sé que a Miguel y a Diana les gustó la sorpresa, sé que se emocionaron. Se fueron corriendo al dormitorio para ponerse guapos, mi padre para afeitarse, mi madre para vestir el traje rojo tan bonito que le traía Tomás de regalo. Cuando volvieron a aparecer, oliendo a *after shave* y al perfume bueno que Diana reserva para las ocasiones, los encontré muy guapos y muy jóvenes. Brindaron con champán y se dieron un beso, un beso de verdad que me dejó turbada: porque puedo llamarles Miguel y Diana, pero no por ello dejan de ser mis padres.

Al día siguiente volvieron a discutir y enrabietarse, volvieron a mirarse como enemigos. Pero yo había descubierto, la noche de la fiesta, que también sabían mirarse de otro modo; y la sorpresa de ese beso de amantes me hizo pensar que quizá no los conozca ni los entienda; y que si han estado tantos años juntos será por algo. Porque, además de esas broncas a las que nosotros asistimos cada día, hay otras complicidades y otras complicaciones que los unen: un entrañamiento de vidas y pasado, una intimidad secreta y sólo suya, puede que incluso una necesidad de maltratarse. Es tan rara la vida de los matrimonios...

Un viaje a Vetusta

"Aquel viaje sólo empezó a tener sentido ante la visión de las piedras que se amontonaban a espaldas de la Catedral."

Mariano dejó caer el libro sobre sus rodillas y se frotó los ojos. Le escocían. Solía tener problemas con sus ojos: a menudo le lagrimeaban y se le ponían tan rojos como los de los gallos. Pero él no era ningún gallo, antes al contrario. De niño los compañeros del colegio le llamaban gallina. Ahora bien, Mariano tampoco se creía un gallina, eso no. Él estaba en un punto intermedio entre ambos extremos, él era una perfecta medianía. A sus cuarenta y siete años, Mariano estaba convencido de ser un mediocre, pero, por otra parte, era un mediocre que se sabía mediocre, y eso desde luego tenía cierto mérito, o incluso un mérito notable.

"Aquel viaje sólo empezó a tener sentido ante la visión de las piedras que se amontonaban a espaldas de la Catedral."

Volvió a bajar el libro. No eran sólo los ojos, sino la atención: algo le impedía concentrarse en la habitual lectura de su novelón. Porque Mariano era un hombre rutinario. Todos los días regresaba a la misma hora de su trabajo en el banco, se calentaba en el microondas la comida que había dejado previamente preparada y almorzaba en el comedor viendo la televisión. Después, mientras hacía la digestión, leía la prensa. Luego salía a dar dos horas de paseo por el barrio, recorriendo siempre el mismo itinerario con sus pies ligeros; y digo ligeros porque Mariano era feo, y un poco calvo, y narigudo, y le lagrimeaban los ojos con frecuencia, pero contaba con un cuerpo fuerte y ágil. Acabado el paseo, y antes de entrar en casa, se tomaba un aperitivo en el bar de la esquina: un vermut rojo con seltz y banderilla que era su único exceso en la jornada. Luego subía a su piso y cocinaba, preparando la comida del día siguiente. Por último, se tomaba una cena ligera de fruta y embutidos y se sentaba en el sillón de orejas a leer un libro, a ser posible un novelón de principios de siglo, una mala literatura melodramática que le gustaba mucho porque estaba llena de personajes: y como él llevaba una vida tan solitaria... El volumen que ahora estaba leyendo se titulaba *Un viaje a Vetusta* y era de un tal José Miguel Munardo, un oscuro escribidor de los años veinte que intentaba remedar *La Regenta* con poca gracia. Pero su falta de concentración no era culpa del texto. Le sucedía a veces; en ocasiones, su rutina doméstica, siempre tan cariñosa con él y tan protectora, se le antojaba de súbito asfixiante. Eran unos instantes de aguda zozobra en los que Mariano se sentía ahogado de nostalgia, pero nostalgia, qué cosa tan extraña, de algo que en realidad nunca había vivido: de la excitación de los sentidos, de una existencia plena, de la aventura y la pasión y el riesgo.

Mariano nunca había tenido una relación sentimental auténtica... No era virgen, por supuesto que no, y a lo largo de su vida se había acostado con tres mujeres y media, considerando como media una ocasión nefasta en que pegó tal gatillazo que no llegó ni a asomarse a las carnes ajenas. A Mariano no le gustaban las putas, o mejor dicho no le gustaban los hombres que iban de putas, y de ahí lo escueto de su currículo. Pero tanta abstinencia tenía sus riesgos, como el ridículo que había hecho ante aquella media mujer. El papelón había sido tan bochornoso que desde entonces, y ya habían transcurrido cinco años, no había vuelto a acercarse a los placeres y las agonías de la carne.

"Aquel viaje sólo empezó a tener sentido..."

Basta, era imposible, llevaba una hora leyendo la misma frase sin acabar de entenderla. Metió con cuidado el señalador, marcado con sus iniciales, entre las páginas de la novela, y la abandonó sobre la mesa. Fue a la cocina y se preparó una infusión de manzanilla para lavarse los ojos. Mariano era un hombre muy apañado. Se las arreglaba bien viviendo solo: cocinaba, hacía la compra, limpiaba la casa, planchaba la ropa con primor, tenía las plantas bien regadas, los cacharros lavados, los vasos ordenados y relucientes. Las mujeres se asombraban de sus cualidades domésticas; decían admirarle, pero no por ello las conquistaba. Mariano había estado algo enamorado de una de sus tres mujeres y media, una vecina con la que se vio con regularidad durante un par de años: iban al cine muy a menudo y se acostaban muy de cuando en cuando. Pero al final la chica se echó novio, se casó y se fue del edificio; y Mariano se quedó con la sensación de haber sido un mero recurso para ella. A partir de entonces las cosas habían ido cada vez peor. Sin estruendos ni alharacas, sin dramatismos; es decir, no es que Mariano pensara que su vida era una tragedia. No lo era. Tenía un trabajo decente, una buena casa, aficiones; y un par de amigos con los que se veía una vez a la semana. No era una vida horrible, sólo un poco triste; y él se había acostumbrado a convivir en paz con la tristura.

El problema era el mundo moderno, la ciudad. Mariano, que descendía de abuelos campesinos, sabía bien que la vida rural era otra cosa. En el campo, los mediocres y sosos como él no se quedaban solos: siempre había una mediocre sosa y buena chica con la que emparejarse. Pero la ciudad era terrible: todo el mundo vivía separado por ríos y ríos de avenidas hirvientes. Y el círculo social era muy limitado: Mariano, por ejemplo, sólo conocía a la gente de su oficina y a unos pocos vecinos. A ver cómo iba él a encontrar a una mujer si se pasaba el día del trabajo a casa y viceversa. A veces, por las noches, después de leer su novelón, se asomaba al balcón a mirar las luces de la ciudad. Todas esas ventanitas iluminadas eran como botellas de náufragos en la oscuridad: cuántas chicas estupendas, sosas y mediocres estarían detrás de esas ventanas, tan solas y tan tristes como él. Era una verdadera pena, un despilfarro.

Acababa de tumbarse en el sofá con dos algodones empapados de manzanilla tibia sobre los ojos cuando llamaron a la puerta. Fue tan grande el susto que del respingo derramó la taza de la infusión sobre la mesa. ¡Pero si eran las diez y media de la noche! ¿Quién podría querer algo de él en hora tan tardía? Abrió la puerta con gran expectación y sintió a la vez desilusión y alivio al encontrarse con la rubicunda cara de la portera:

—Ay, don Mariano, usted disculpe, pero se me olvidó darle esta carta antes, como fui donde el médico, que tengo la pierna que me duele mucho, usted ya sabe, pues que se me fue de la cabeza, fíjese qué tonta, y como es del juzgado, pues me he dicho, lo mismo es importante, se la llevas ahora mismo a don Mariano...

¿Del juzgado? ¿Una carta del juzgado para él? Se desembarazó lo más pronto que pudo de Paquita y desgarró el sobre: era una citación para ocho días más tarde. ¡Una citación! Se quedó tan impresionado que no pudo dormir en toda la noche.

A la mañana siguiente llegó al trabajo más temprano de lo que era en él habitual, y eso que jamás se había retrasado en los dieciocho años que llevaba como empleado. Lo primero que hizo fue pedir consejo al abogado del banco, a quien enseñó, todo tembloroso, el papel fatídico:

—Ni se preocupe, hombre. Seguro que esto es algo relacionado con las multas de tráfico —dijo el tipo tras haber echado una ojeada superficial a la citación.

—Pero es que yo ni sé conducir ni tengo coche —balbució Mariano.

—Pues será cualquier otra cosa. No se apure. Ni caso.

El que no le hacía ni caso era el letrado, de manera que Mariano tuvo que afrontar la inquietud de la espera por sí solo. Transcurrieron los días con lentitud criminal, sin que el acomodo de las pequeñas rutinas cotidianas tuviera su habitual efecto balsámico, antes al contrario, parecían entorpecer la marcha de las horas. Pero todo llega, y al fin llegó la fecha marcada en el papel; y cuando Mariano se presentó en el juzgado embutido en el severo traje de las bodas (lo llamaba así porque se lo había comprado ocho años antes para los esponsales del director de su sucursal), resultó que el antipático abogado del banco había estado más o menos acertado en sus apreciaciones. Porque desde luego era algo relacionado con el tráfico:

—Verá, está usted demandado por el impago de los daños a terceros causados por su coche —le explicó el secretario judicial.

—¿Mi coche? ¡Pero si no tengo!

—Aquí consta que es usted propietario de un Ford Fiesta matrícula M-2848-EL, vehículo que embistió contra una moto Honda que se encontraba correctamente aparcada, causándole destrozos por valor de 225.000 pesetas.

—¡Pero si no sé conducir!

—Pues será por eso, señor mío, será por eso —gruñó el secretario, ya aburrido del tema.

A base de tiempo y sofocones, Mariano consiguió comprender lo que estaba pasando. Tres años atrás le habían robado la cartera en el metro, con poco dinero, pero con su carnet de identidad. Repuso el documento y se olvidó del caso, pero al parecer el ladrón había utilizado su carnet para adquirir un coche de segunda mano que ahora una mujer morena iba estrellando con feroz contumacia contra todo tipo de obstáculos: motos, otros vehículos, papeleras municipales. Con la agravante de que el Ford en cuestión no tenía seguro, de modo que los damnificados siempre acababan denunciándole a él, que era el dueño legal que aparecía en los papeles que la mujer mostraba.

La moto Honda no fue sino el comienzo: en las semanas siguientes empezaron a lloverle las denuncias. Mariano explicó su caso una y otra vez, juró de rodillas que el coche no era suyo y se mesó con convincente desesperación sus escasos cabellos, pero no logró que la máquina legal se detuviera. Un día incluso se fue a visitar la gestoría que se había encargado de los papeles de compraventa del Ford.

—¡Claro que me acuerdo de aquella operación! —exclamó el director de la gestoría en cuanto que fue puesto en antecedentes—: Usted mismo vino aquí en compañía de su esposa, que era iraní, para adquirir el coche.

—¿Yo? Yo nunca había venido antes por aquí. Ésta es la primera vez que le veo a usted en toda mi vida —respondió Mariano, estupefacto.

—Pues lo siento, pero era usted. Y si no era usted, era alguien que era exactamente usted. Me acuerdo muy bien, porque aquella mujer tenía algo especial, esa cosa árabe y exótica... Era muy atractiva, si me permite usted que hable así de su esposa...

Mariano no tuvo más remedio que permitírselo, de la misma manera que no tuvo más remedio que rendirse a la presión de la injusta Justicia e ir pagando uno tras otro todos los desperfectos. Sus discretos ahorros empezaron a menguar rápidamente: de seguir así pronto no tendría nada. Pero no era eso lo que más preocupaba a Mariano. Lo peor era que había perdido la calma, el control, la disciplina; que era incapaz de vivir su antigua vida, como si de repente el sentido o tal vez la resignación que unía sus actos hubiera desaparecido por completo, de modo que su existencia ahora era un caos de fragmentos inconexos, una angustia espasmódica sostenida por una única obsesión: esa mujer, la mujer, la supuesta iraní, la gran impostora; esa hembra enigmática que se hacía pasar por su esposa, que iba invocando su nombre, el nombre de él, por todo el mundo; esa inquietante ladrona, en fin, de su cartera y de su vida.

Pasaron así cerca de seis meses de pesadilla, en el transcurso de los cuales Mariano dejó de ser el empleado modelo: ya no contestaba cuando le preguntaban, tenía la casa llena de polvo y cadáveres de moscas, olvidaba tomarse su vermut vespertino, no volvió a leer un novelón y achicharró más de una vez su comida al recalentarla. Tan desesperado llegó a estar, tan obsesionado por esa mujer remota que se decía suya, que al cabo, y para no volverse loco, decidió pasar a la acción.

Y así, pidió un mes sin empleo y sin sueldo en el banco, se compró un enorme mapa de Madrid que chincheteó a la pared y empezó a analizar los accidentes que la mujer había sufrido. Tres de ellos habían sucedido en sitios lejanos y dispares de la ciudad; pero los otros cuatro habían tenido lugar en un espacio relativamente mínimo del casco urbano, dentro del mismo barrio, en las callejas antiguas por detrás de la plaza de Ramales. Por fuerza la mujer tenía que vivir por allí, o tal vez visitaba a alguien en la zona. Mariano se fue a la plaza de la Ópera y empezó a peinar las calles adyacentes; conocía la marca del coche, el color, la matrícula; intentaba encontrar el vehículo para encontrarla a ella. Pero se pasó dos días recorriéndose concienzudamente la barriada sin obtener mayores resultados que un dolor de pies fenomenal. Era como buscar una mísera cana entre las espesas lanas de una oveja.

Entonces fue cuando Mariano tuvo su gran idea, la mejor ocurrencia de su vida. Pensó: los coches necesitan gasolina para funcionar (y éste fue un razonamiento en verdad meritorio, puesto que Mariano no conducía). Y pensó más: en toda la zona no hay otra gasolinera que un modesto dispensador de Campsa en la plaza de Oriente. Partiendo de estas premisas, la conclusión parecía lógica: si la mujer vivía por aquí, en algún momento tendría que repostar en ese surtidor.

De modo que Mariano se trasladó a vivir a la plaza de Oriente. Es decir, se mudó a uno de los bancos de la plaza, desde el que vigilaba día y noche el surtidor de Campsa. Los empleados, mosqueados con su pertinaz y súbita presencia, avisaron a la policía a eso de las once de la noche de su primer día de vigilancia. Al rato apareció una *lechera* y los guardias le pidieron los papeles.

—¿Es usted un vagabundo? —preguntaron.

—No, señor agente. Tengo casa y trabajo —argumentó Mariano con un aire muy digno.

—¿Y qué hace aquí sentado durante todo el día?

—¿Está prohibido, acaso?

Iba bien vestido y todo estaba en orden, así que tuvieron que dejarlo en paz. Por otra parte, los empleados de Campsa se acostumbraron muy pronto a su presencia y lo incorporaron al paisaje urbano clasificado como un loco más. Por fortuna el surtidor cerraba de doce de la noche a ocho de la mañana, de modo que Mariano podía ir a su casa, descansar un poco, ducharse, cambiarse de ropa y preparar la tartera con comida para la jornada siguiente. Así fueron cayendo los días, cada vez más engastados en la nueva rutina, cada vez más iguales los unos a los otros. Era noviembre y el tiempo se enfriaba, de modo que Mariano empezó a llevarse una manta con la que se tapaba las rodillas y un termo con café y coñac para aguantar la helada.

Hasta que al fin sucedió. Fue una tarde a eso de las cuatro, cuando en la plaza había poca gente, porque todo el mundo estaba comiendo todavía. Llegó un Ford color guinda bastante viejo y magullado, y se detuvo frente al surtidor. Mariano leyó la matrícula: era la que buscaba. La volvió a leer y a releer: sí, era ésa, no había duda. No se sintió excitado, sino somnoliento, aturdido, sonámbulo. Dobló la manta con cuidado y la dejó en el banco junto con el termo, y luego se dirigió despacio hacia el vehículo. Para entonces debía de llevar unas tres semanas haciendo guardia.

—Hola.

Mariano se asomó por la ventanilla del conductor mientras el empleado de la estación llenaba el depósito y dijo simplemente eso, un "hola" átono y modesto.

—Hola —repitió.

La mujer le miró desde abajo, sentada como estaba frente al volante. Se encontraba sola. Frunció el ceño, como alguien que quiere recordar un nombre sin acabar de conseguirlo.

—Soy Mariano —dijo él con sencillez.

Entonces los ojos de la mujer se agrandaron. Eran muy grandes de por sí y muy negros, cargados de pesado rímel y de cohol, pero se abrieron aún más. Con reconocimiento, quizá con algo de sorpresa, pero no con susto, eso desde luego.

—Claro. Mariano —dijo, en un español sin acento de extranjería. Y sonrió amistosa—: Vivo aquí cerca, en la calle Factor. ¿Quieres venir a casa un momento? Podemos tomarnos un café o un té y charlar un rato.

Y Mariano dijo que sí. Asintió a la primera, para su propia sorpresa, y se metió en el coche de la mujer. Con naturalidad aparente, pero con el corazón retumbando en su pecho. Adónde voy, se preguntaba Mariano con angustia mientras daban la vuelta a la plaza de Ramales. Qué me puede pasar. Es una delincuente. Puede ser una trampa. Tal vez quiera matarme. Y el corazón se le estrellaba contra las costillas como un pájaro loco en una jaula.

Aparcó la mujer sobre una acera, salió del Ford y le hizo una seña para que le siguiera. Caminaron por la estrecha calle de Factor hasta llegar al número cinco, que era una vieja casa de vecinos desconchada y lúgubre. Subieron a pie la sórdida escalera hasta el cuarto piso, y allí la mujer abrió una pequeña puerta que parecía añadida con posterioridad al trazado primitivo del edificio.

—Pasa y ponte cómodo, como si estuvieras en tu casa —dijo ella, hablando por vez primera desde que intercambiaron los saludos en la plaza.

El lugar era diminuto y todas las ventanas daban al patio interior: era uno de esos apartamentos chapuceramente construidos a fuerza de robar habitaciones a un espacioso piso antiguo. Las paredes estaban recubiertas con telas orientales, el sofá era un cúmulo de cojines de seda y había velas e incensarios por todas partes.

—¿Quieres un café?

—Bueno.

—¿O mejor un té de menta?

—Bueno.

—¿En qué quedamos, el café o el té?

—El té. Por favor.

La mujer desapareció tras una rumorosa cortina de abalorios en lo que parecía ser una cocinita y trajinó allá dentro durante unos minutos. Al cabo salió con una bandeja, tazas, una tetera humeante y un plato de buñuelos recubiertos de miel.

Mariano agarró entre dos dedos el pringoso dulce y mordisqueó una punta, más que nada por hacer algo. La mujer sirvió el té. Debía de tener unos treinta y cinco años y era muy morena, con el pelo rizado y suelto hasta los hombros, la cara carnosa y fuerte. Vestía una falda larga de florecitas, botas vaqueras bastante ruinosas, una camiseta roja y un jersey gris de cuello en pico por encima, tan grueso como si la mujer fuera a pasarse la noche a la intemperie y tan grande como si perteneciera a un varón.

—¿Eres de verdad iraní? —preguntó Mariano.

La chica se rió:

—¿Yo? Qué va. Soy de Oviedo. Pero salí de allí muy joven.

Permanecieron un rato en silencio, sorbiendo el té y chupando los buñuelos.

—¿Quieres tu cartera? —dijo ella de repente.

—¿La tienes todavía?

—Sí, creo que sí. Siempre las tiro. Por seguridad. Pero en este caso no lo hice. No sé por qué. A lo mejor sabía que vendrías alguna vez. Soy medio bruja, ¿sabes?

Desapareció detrás de otra cortina de abalorios y regresó al instante con el billetero en la mano. Mariano lo cogió. Allí estaba su viejo documento de identidad, la tarjeta del cajero automático, unos sellos, el carnet de la seguridad social y el de la biblioteca municipal de donde sacaba prestados sus novelones. Mariano se guardó la cartera en el bolsillo.

—¿Por qué vas estrellando el coche por todas partes?

La mujer se encogió de hombros.

—No sé conducir muy bien. Y además está esto —dijo, abriendo una cajita de latón que había sobre la mesa y sacando un cigarrillo liado a mano—: ¿Quieres?

Mariano negó con la cabeza, aun sin saber muy bien a qué se estaba negando. La mujer encendió el pitillo y aspiró profundamente. La habitación se llenó de un olor extraño, a hierbas aromáticas y goma quemada.

—Hmmmm... Está bueno. A veces voy tan ciega que me atizo contra todo. Y otras veces voy demasiado deprisa. Eso me decía mi madre en Oviedo antes de palmarla: tú vives demasiado deprisa, nena...

Transcurrieron otros dos minutos de silencio, mientras ella fumaba y él la miraba fumar. Era, en efecto, una mujer muy atractiva. Era oscura, espesa, peligrosa. Tenía un aspecto un poco sucio, con todo ese rímel y el jersey desbocado, pero con una suciedad reciente, fresca, como si hubiera comenzado el día perfectamente limpia, pero luego hubiera corrido y bailado y montado a caballo y atravesado desiertos a la carrera y hecho el amor con alguien. Era una suciedad sensual, provocativa.

—¿Qué vas a hacer conmigo? —preguntó ella de repente.

Mariano se encogió de hombros.

—Creo que nada.

La mujer se sirvió otra taza de té. Su mano temblaba.

—Eres un buen tío. Lo sabía. Cuando te vi lo supe. Yo creo que por eso te escogí. Tengo otros, ¿sabes? Otros carnets de identidad, digo. Pero quería que tú fueras mi marido.

Entonces fue Mariano quien se puso a temblar. Tal vez debería darle las gracias, se dijo, confundido. Pero al final optó por callarse.

—Lo siento —prosiguió ella abruptamente—: Lo siento, Mariano, de verdad. Seguro que te he buscado un montón de problemas. Bueno, pues lo siento. Siempre terminan pagando los más majos.

—¿Cómo te llamas? —preguntó él con voz estrangulada.

—Mina, de Belarmina. Un nombre muy feo. ¿Y qué dice tu mujer de todo esto?

—No estoy casado.

—¿No? Yo tampoco. Pero tengo una hija de trece años. Ella se llama Jade, como la hija de Mick Jagger. Ése sí que es un nombre bonito ¿Y por qué no estás casado?

Mariano dio vueltas al pegajoso buñuelo entre sus dedos.

—No conozco a muchas mujeres. Y creo que... Creo que no les produzco una gran impresión.

Mina abrió la boca de par en par:

—¿Que no? ¡Pero si eres estupendo! Es que la mayoría de las mujeres no conocen nada de los hombres. Pero yo sí. He trabajado en una barra americana durante siete años, así que figúrate. Soy como un confesor, me lo sé todo. Y hazme caso a mí, tú estás muy bien. A ver, ponte de pie.

Mariano obedeció aunque le entrechocaban las rodillas. La mujer se acercó a él con gesto husmeador, como un tiburón se acercaría a su presa:

—Lo primero, eres alto. ¡Y qué hombros! Anchos, estupendo. Para agarrarse bien. El pecho, duro y liso. Y el vientre no digamos.

Mientras hablaba, Mina empezó a tocar a Mariano con dedos hábiles, mimosos. Suaves dedos capaces de acariciar y de aferrar, formidables dedos de ladrona.

—A ver esas piernas, ese culo... Yo les daría un siete, por lo menos. La manos, muy bonitas. Y lo mejor, los ojos.

—Me lloran a menudo y se me ponen rojos —se excusó Mariano con un hilo de voz.

—Qué importa que te lloren. Me gusta lo de dentro —contestó la mujer con voz caliente y ronca. Y le besó tiernamente los maltratados párpados.

Lo que vino después fue una hora interminable. Hay personas, no muchas, que tienen la fortuna de probar, en algún momento de sus vidas, el fulminante sabor de la pasión completa; que llegan a conocer el éxtasis de una hora de verdadero amor, el glorioso tiempo de la carne. Hay personas, no muchas, que se han mantenido desde la niñez cerrados como presas, conteniendo en su interior un secreto caudal de sentimientos; y si estos individuos logran algún día abrir sus compuertas roñosas, si llega el momento doloroso y feliz en que se rinden, la abundancia de emoción es de tal magnitud que el mundo se sumerge en un maremoto. No hay mayor prodigio natural que el amor desmedido de quien nunca antes se ha atrevido a amar.

Y así sucedió que aquella tarde en la casa de Mina temblaron las paredes; y Mariano pensó que su propio cuerpo era una armada triunfadora dispuesta a conquistar el resto de su vida. Nunca se había sentido así, tal y como se sintió en su hora inacabable. Pero también las horas inacabables se terminan, y al rato Belarmina comenzó a vestirse mientras la noche se apretaba al otro lado de las ventanas, sobre el patio.

—Bueno, tesoro —dijo la mujer con un guiño afectuoso—: Tengo que irme a recoger a mi hija.

Mariano asintió: en ese momento de culminación no aspiraba a más.

—Te puedo acercar a tu casa —prosiguió ella—: Me pilla de paso. ¡Aunque no sé si llegaremos enteros con el maldito coche! Está hecho una pena. Debería comprar otro.

—Si quieres... —titubeó Mariano—: Si quieres, a mí me quedan unas ochocientos mil pesetas en el banco.

Mina se echó a reír y acarició con la punta de los dedos la mejilla del hombre.

—Es una oferta la mar de generosa. Lo pensaré. A lo mejor te llamo.

Aquella noche Mariano entró en su casa como quien regresa del fin del mundo. Se sentía flotando, tocado por la gracia, rescatado para siempre de la tristura anterior. Su vida había cambiado, de eso estaba seguro; ahora toda la melancolía venidera tendría una memoria y un porqué, ahora la nostalgia sería real, auténtica nostalgia del pasado. Suspiró Mariano, feliz y dolorido, y agarró el novelón cuya lectura había abandonado tantos meses atrás: "Aquel viaje sólo empezó a tener sentido ante la visión de las piedras que se amontonaban a espaldas de la Catedral". Alzó el rostro y miró alrededor: la rutina palpitaba en torno suyo, confortable y doméstica. Así que encendió la lámpara de pie, se sentó en su sillón de orejas, colocó el libro sobre las rodillas y se puso a leer mientras la esperaba.

Él

Todo empezó hace ya mucho tiempo, media vida, la mitad de mi vida (o de la de él). Fue en la década de los setenta y yo tenía veinte años. Veinte años, siete meses y catorce días. Aquella mañana me había tomado un ácido: eran las cosas que se hacían por entonces. En realidad me lo había tomado la noche anterior, con unos amigos; pero sus efectos duraban todavía y Madrid era un lugar irisado y elástico. Iba sola y a pie hacia mi casa por la calle Bailén. Estábamos en el mes de enero y la mañana era tan transparente y fría como un carámbano. Llegué al Viaducto; los taludes laterales de hierba que caían sobre el abismo se encontraban cubiertos de escarcha blanca y dura. La resaca del ácido multiplicó la belleza de la escena hasta el delirio; la hierba erizada y rechinante, con su arquitectura de cristales, parecía la inmensidad polar del micromundo, un universo enano que acababa de crearse sólo para mí.

No recuerdo cómo bajé, y tampoco porqué. Mi primera memoria del espanto fue un estruendo aterrador de témpanos que se desploman en la Antártida. Me miré a los pies, y tardé un tiempo infinito en comprender que ese estruendo era el ruido de mis talones al deslizarse por encima de la hierba del talud, aplastando las delicadas hebras de la escarcha. Entonces entendí: había abandonado la seguridad de la calle, había saltado por encima del pretil, había descendido por la pina ladera congelada; y, en un momento dado, había empezado a resbalar. Patinaba lentamente, talud abajo, hacia el abismo que se abría a mis pies. Apenas si quedaban tres metros de tierra por delante; y después estaba la gran caída. Treinta metros, quizá, hasta la dura acera de la calle Segovia, que pasa por debajo del Viaducto. Y, sin embargo, no acababa de caer. Tuve que hacer otro inmenso esfuerzo de concentración para darme cuenta de que estaba agarrada a unas ramitas. Mi vida pendía de dos briznas de matorral reseco.

Empecé a gritar.

Me oí pedir socorro allá a lo lejos: y bajo mis pies crujía ensordecedoramente el hielo roto. Seguía gritando cuando le vi asomarse sobre el pretil. "Calma", me dijo; "tranquilízate, ahorra las fuerzas. No tengas miedo: te sacaré de ahí". Era un chico joven. Moreno, el pelo corto y crespo, los ojos grises, un lunar junto al labio: vi su rostro con pavorosa precisión lisérgica. "Tranquila", seguía diciendo él, mientras pasaba una pierna por encima del muro, y luego otra; y ahora ya estaba del mismo lado que yo, sólo que más arriba y aún agarrado a la seguridad inalcanzable de la piedra.

Le vi mirar alrededor el camino a seguir, y luego, con total decisión y una calma envidiable, empezó a bajar por la ladera helada. Se apoyó en una piedra, puso el pie derecho en una hendidura, se sujetó después a unos matorrales. Antes de que pudiera darme cuenta ya le tenía muy cerca. Su barbilla era picuda, sus pómulos altos. Me tendió una mano: "Tranquila, tranquila". Pero yo no podía cogerle sin soltarme, yo no podía cogerle sin caerme. Grité de nuevo. Era un ruido espantoso: mi propio chillido me asustó. El chico volvió a hablar: "¡Cálmate! Ya estoy aquí. No te va a pasar nada, no te preocupes". Pero la voz le salía entrecortada, envuelta entre columnas de vapor. Bajó un paso más y resbaló medio metro por la pendiente: sin embargo, consiguió sujetarse a un esmirriado brezo. Ahora estaba un poco por debajo, junto a mí. Resoplaba como un motor mal ajustado. Afianzó los talones en la ladera y me empujó hacia arriba. "Coge aquella rama." La cogí. "Pon el pie ahí arriba." Intenté ponerlo. Él empujaba y empujaba desde atrás, y yo, cosa increíble, iba subiendo. Sobre mi cabeza, otro hombre, arrimado al pretil, extendía su brazo hacia nosotros. Crujía la escarcha, resonaban nuestras respiraciones agitadas, retumbaba mi corazón en los oídos: el resto era silencio. Al fin, el tipo de arriba logró asirme de la muñeca y tiró de mí. Perdí el contacto con las manos del chico mientras iba volando hacia la vida. Junto al muro ya, sujeta por varios brazos, me volví a mirar. Él seguía trepando poco a poco. Entonces sucedió: el brezo, sobre el que ahora apoyaba un pie, se arrancó de cuajo con un coágulo de tierra entre las raíces. El muchacho perdió apoyo, pataleó sobre la pendiente resbaladiza, se intentó agarrar a las hierbas congeladas, frágiles y arácnidas, que se iban haciendo trizas bajo sus dedos. Durante un instante de quietud interminable le vi allá abajo, con los brazos y las piernas extendidos en aspa, su rostro vuelto hacia nosotros, sus ojos en los míos, con una expresión intensa pero inexplicable, ni un grito, ni un rictus, sólo esos ojos ardiendo en una cara tan impenetrable como el mármol. Y luego, súbitamente, desapareció. Cayó, se desplomó, voló extendido como una estrella por los aires. Se rompió contra el suelo, allá abajo, con un crujido sordo, insoportable. Escuché un alarido: de nuevo había salido de mi boca.

Se llamaba Miguel Reguero, eso lo supe luego. Tenía veintiún años. Veintiún años, tres meses y siete días. Estudiaba el último curso de Ciencias Exactas y era un alumno brillante. Le gustaban las novelas de Vladimir Nabokov, la música de Pink Floyd, el ajedrez, los churros recién hechos, las películas de Stanley Kubrick, la ciencia-ficción, correr por las mañanas seis o siete kilómetros. Todo esto y mucho más lo fui conociendo poco a poco, con ávida ansiedad, a fuerza de ir exprimiendo a sus amigos de la facultad, a sus conocidos, a sus padres. Miguel había muerto por mí, había muerto en mi muerte, y ahora yo llevaba sobre mis hombros el peso insoportable de su vida.

Era hijo único. Su padre era subdirector en un periódico; su madre, traductora de inglés. Gente educada e inteligente, de modo que su dolor fue también educado y discreto. Yo me colapsé, enfermé, medio enloquecí. Merodeé como un tiburón alucinado por el funeral y por el entierro, sin valor para acercarme, sin valor para irme. Un par de meses después, obsesionada, me presenté de madrugada en el periódico en donde trabajaba el padre; y el hombre, con rara cortesía, no me echó. Empecé a frecuentar su compañía: le llamaba de vez en cuando, le esperaba a la salida del diario. Me ofrecí para hacerles recados, a él o a su mujer; para acompañarles a donde quisieran, para atender sus necesidades. Quería restañar, cerrar, cauterizar la herida infinita; quería aliviar, llenar, cegar el hueco irrellenable. En las siguientes navidades, les obsequié con aquellos regalos que pensé que Miguel les habría hecho: un pañuelo italiano de seda para la madre, una pipa tallada para el padre. La noche que le di los paquetitos, envueltos en papel festivo y restallante (era una madrugada de diciembre, muy cerca del primer aniversario de la muerte de él), el padre cogió las cajas con dedos recelosos, como si estuviera manipulando un explosivo. "Escucha", me dijo: "Escucha, si de verdad quieres hacernos un favor, no vuelvas más. No llames, no aparezcas, no des señales de vida, por favor. Cada vez que te vemos nos acordamos de él: y preferiríamos verte muerta". Ése fue el final de mis ansias filiales.

Pero no el final de la pesadilla.

Abandoné a mi gente. A mi familia, con la que, por otra parte, nunca me había entendido bien. A mis amigos, todos ellos melenudos y fronterizos, todos ellos con vocación de marginales. Cambié de aspecto. Dejé las faldas floreadas, los pañuelos baratos de la India. Ahora me vestía con ropas discretas e imprecisas, pantalones vaqueros, jerséis grises o azules, ese tipo de prendas que uno jamás recuerda, atuendos-sombra para perderse en ellos. Empecé a frecuentar el bar de Exactas. Allí me hice amiga de los amigos de Miguel: me contaron sus gustos, sus modos, sus costumbres. Me puse a estudiar matemáticas por mi cuenta, aunque por entonces yo cursaba Derecho y nunca se me habían dado bien las Ciencias. Me debatía durante semanas y semanas con cuestiones teóricas tan impenetrables como un bloque de plomo: problemas sobre las lógicas polivalentes, por ejemplo, y sus relaciones con la lógica clásica y binaria... Ésos eran los estudios que desarrollaba Miguel antes de matarse con mi muerte. Intenté reproducir, en mi pobre cabeza, toda esa vida neuronal que yo había cercenado.

Y corría por las mañanas, por supuesto. Yo, que siempre había sido nocturna y perezosa, empecé a levantarme de madrugada y a dar trotes por el barrio como una autómata, bien envuelta en franelas deportivas. Sólo entonces, corriendo, con el corazón aturdido y la sangre zumbándome en los oídos, lograba dejar de escuchar el crujido fatal de los huesos al romperse. Corría, pues, mañana tras mañana, y al acabar la ordalía desayunaba churros en un bar, disfrutando del dolor de los músculos, del cuerpo torturado (ese cuerpo robado a los gusanos: mientras que el de él ya era un puro detritus, polvo orgánico).

No volví a tomar un ácido, no volví a beber alcohol, no volví a fumar un cigarrillo. Mi organismo era un templo, porque él lo había consagrado con su sacrificio. Todo cuanto hacía en la vida, y todas las decisiones que iba tomando, las asumía pensando en Miguel. ¿Qué hubiera hecho él?, me preguntaba. ¿Habría ido a esta película o a esta otra, comprado este libro o aquél, alquilado este apartamento o el de la glorieta? Con el transcurso de los años, las preguntas se sumergieron por debajo del nivel de la conciencia, como pesados peces abisales. Ya no tenía ni que cuestionarme las elecciones: elegía sin más, con la certidumbre de estar haciendo lo debido y lo adecuado, aquello que Miguel hubiera hecho. Pero todas y cada una de las noches, al intentar dormirme, volvía a revivir el momento atroz de la caída, ese cuerpo en forma de aspa, esa estrella de carne, ese grito ensordecedor que yo grité por él.

Hice la carrera de Exactas por libre y me convertí en una profesora de matemáticas muy mediocre y muy triste. Residía en la zona antigua de la ciudad, corría un puñado de kilómetros todas las mañanas, jugaba al ajedrez los domingos, cultivaba con fría eficiencia a los amigos de

Miguel. La vida transcurría veloz e inanimada, esa vida ajena que yo vivía, semejante a un tren que atravesara la llanura cerca de mí, agitándome apenas con el rebufo del aire desplazado.

El único punto incierto y conflictivo residía en el terreno sentimental: porque yo no quería, no podía enamorarme. Exiliada de mí, carecía de cuerpo y existencia propios para compartirlos con un hombre. Intenté contemplar a las mujeres con los ojos de él (imborrables, persecutorios ojos grises); e incluso me metí una vez en la cama con una chica pelirroja de grandes pechos que a él seguramente le habría gustado. Fue un desastre. Era una mala suerte que tanto Miguel como yo fuéramos estrictamente heterosexuales: de otro modo nos las hubiéramos podido arreglar mejor. Tal como estaban las cosas, tan sólo el deseo carnal se sublevó a mi voluntad de entrega; y de cuando en cuando me sorprendía a mí misma mirando a algún varón con hambre en la mirada. Entonces doblaba la longitud de mis carreras matinales: diez o doce kilómetros, en lugar de seis, para castigar ese cuerpo insumiso. Terminaba herida, acalambrada, tenebrosamente satisfecha.

Así pasó un decenio, y luego otro. Un día me encontré cumpliendo cuarenta años (y él cuarenta y uno). Miré hacia dentro de mí y no vi nada. Me había ido vaciando poco a poco, de manera insensible e irremediable. Era como un organismo anestesiado pero aún vivo sobre el que se hubiera practicado, por error, una lenta autopsia general: un día te extraen una rebanada de cerebro, al siguiente un puñado de vísceras, luego dos picudas vértebras lumbares. La mutilación había proseguido implacable por ahí dentro durante veinte años, mientras yo añoraba ser capaz de sufrir, añoraba poder agarrarme a algo tan concreto como el dolor para detener tanta devastación. Pero no: nunca sentí nada. Llegué a sospechar que estaba muerta; que en verdad era yo quien se había caído aquella mañana de enero en el Viaducto; y que los últimos e interminables veinte años no eran más que un espasmo inifinitesimal de mi cerebro, la alucinación final de mi agonía.

Aún me arrastré por mi rutina varios meses más, mientras en mi interior culminaba el hundimiento. Y entonces empezó a suceder algo terrible. Ocurría por las noches, cuando me encontraba en mi cama, aprisionada por el estrecho encierro de las sábanas, como quien se halla en la oscura boca de un cañón que te va a disparar hacia tus pesadillas. Entonces, en esos momentos siempre vertiginosos, siempre inciertos e inermes de la entrada en el sueño, yo ya no recordaba obsesivamente la caída de él, sino que no tenía nada, absolutamente nada en qué pensar. Qué terrible pobreza, qué desamparo el de quien no tiene en qué pensar antes de la pequeña muerte del dormir. Ahora cerraba los ojos y sólo veía oscuridad. Un infierno polar de hielo negro. Se puede vivir sin dinero, se puede vivir sin familia, se puede vivir sin amor, se puede vivir incluso sin vivir (esto es, viviendo una vidita miserable). Pero es imposible seguir adelante sin tener ensueños dentro de la cabeza. Sin que palpite en tu interior ni una pequeña idea ni se enciendan algunas fantasías por los rincones. No hay nada tan insoportable e inhumano como la ausencia total de imaginación.

Volvía a ser enero, y eso me pareció un signo, un presagio, casi un mandato expreso del Destino. Una mañana helada, en fin, caminé hasta el Viaducto. No había vuelto jamás desde aquel día y me sobresaltó la semejanza con mi recuerdo: el lugar había cambiado muy poco en esos años. Los taludes de hierba seguían estando ahí, de nuevo escarchados y brillantes. Pero en esta ocasión no necesitaba hacerlo tan difícil. Nada de bajar por la ladera: bastaría con saltar desde el pretil. Asomé la cabeza: habían puesto una red metálica contra suicidas, pero desde donde yo estaba podría salvarla fácilmente. Apoyé las manos sobre el pretil, áspero y frío: un par de movimientos más y todo habría acabado. Me precipitaría en el vacío, el cuerpo en aspa, una estrella de carne; sería un brevísimo vuelo y luego nada. Veinte años después, mi muerte me alcanzaba.

Y entonces sucedió. Algo se completó súbitamente dentro de mi cerebro, como si hubiera colocado la última pieza de un rompecabezas gigantesco. Fue un rayo de conocimiento, una descarga eléctrica: ahora, como en una revelación, la vida parecía mostrarme su carpintería, el entramado oculto que aguanta y da sentido a la realidad. Por supuesto: *yo no podía suicidarme*, ya que le debía mi existencia a él. Pero, al mismo tiempo, y al renunciar al suicidio, que era en verdad lo único que a esas alturas me quedaba, estaba saldando definitivamente mi vieja deuda con Miguel: si su muerte hipotecó mi vida, ahora su no-vida quedaba compensada con mi no-muerte. Aprecié, con vieja costumbre profesional, el equilibrio lógico de esta construcción de la existencia; y luego me dije: odio las matemáticas. Sí, odiaba la Lógica, y las Ciencias Exactas, y dar clases. Odiaba mi vida enajenada y monacal; odiaba mi cuerpo casi intacto. De repente, en aquella mañana de enero, dos decenios más tarde, yo era yo.

Han pasado dos años desde entonces. Ahora trabajo como responsable de finanzas en una ONG y estoy coqueteando con mi vecino, un tipo divorciado y con un niño. Mis noches son como las de los demás mortales: algunas serenas, otras angustiadas, todas ellas habitadas o perseguidas por imágenes. Gano poco dinero, trabajo demasiado y el vecino no me hace mucho caso: no es una vida espléndida, en fin, pero es mi vida. En la sala de mi casa tengo una foto enmarcada de Miguel. El vecino me ha preguntado quién era. Yo le he contestado que mi marido; que habíamos estado viviendo juntos (pero muy, muy juntos) durante veinte años. Y que al fin, pobre hombre, ha fallecido.

Los besos de un amigo

Se llamaba Ruggiero y era vecino de Ana: ella vivía en el segundo y él en el sexto. Ruggiero era italiano, periodista, corresponsal en España del *Corriere della Sera*. Tenía trcinta y cinco años, una esposa llamada Johanna y tres niños pequeños lindos y rubísimos. Cuando salían juntos y te los encontrabas en el portal, tan guapos y educados, parecían un anuncio publicitario. Toda esa opulencia familiar, en fin, colocó a Ana desde el mismo principio en desventaja.

Y no es que la vida de ella estuviera desprovista de cosas, ni mucho menos. En su profesión estaba atravesando momentos muy dulccs. Era restauradora, y había conseguido convertirse, pese a ser mujer, en un *chef* de prestigio (no hay un ejemplo más despiadado de machismo que el hecho de que las mujeres sean siempre las cocineras de tropa, mientras que el generalato de los *chefs* es ocupado por los varones); había conquistado una estrella Michelin, un puñado de premios, estupendas críticas. Además le gustaba escribir, y publicaba una sección no de recetas, sino de artículos sobre gastronomía, en uno de los diarios nacionales. Era lo que la gente entiende por una persona triunfadora. Ahora bien, el éxito profesional no es un talismán; aunque endulza la vida, no te garantiza una protección total contra la pena negra. El mejor cocinero del mundo, por ejemplo, puede ser un maníaco depresivo que desee morir tres veces cada noche.

Pero Ana no deseaba morirse y en general tan sólo se deprimía muy de cuando en cuando y decentemente, esto es, en niveles poco desmesurados y manejables. En sus cuarenta y cinco años de existencia había convivido con varios hombres, se había desvivido por unos cuantos más y al cabo había decidido dejar de hacerles caso. Digamos que había llegado a la certidumbre de que el amor era algo de lo que uno puede prescindir para vivir. Mejor dicho: había descubierto que prescindir del amor era justamente lo que le permitía vivir. Esta solución más o menos drástica no se le había ocurrido únicamente a ella. En realidad había visto que varios de sus conocidos negociaban su existencia de ese modo. Eran personas que tenían muchas actividades y muchos amigos; salían, entraban, viajaban. Pero en el horizonte de sus vidas ni siquiera despuntaba la inquietud amorosa. Nunca les preguntó —es algo tan privado— cómo se las arreglaban con sus cuerpos; esto es, si la piel no les exigía el contacto con otra piel ajena; y si en la soledad de sus camas, de madrugada, no se hubieran dejado matar en ocasiones por un beso en los labios. Pero no, parecían arreglárselas muy bien; y estaban serenos, mucho más serenos, desde luego, que aquellos que aún no habían claudicado. Claro que no hay nada más sereno que un cadáver: el *rigor mortis* proporciona una tranquilidad definitiva. Tal vez el malentendido resida en creer que la vida puede ser serenidad.

Hay que reconocer que Ana nunca consiguió alcanzar esa distancia impávida. En sus peores momentos, de madrugada, cuando el insomnio hacía de su cama un tormento, las manos le abrasaban de ansias de tocar. Pero durante el día se las apañaba para vivir tranquila; y muchas noches era capaz de deslizarse al sueño dulcemente, mientras imaginaba con qué salsa podría convertir un trozo de bacalao en una obra de arte. Era la sensualidad feliz de una boca golosa contra la sexualidad doliente de unos labios ansiosos. Mal que bien, yo diría que incluso más bien que mal, se las iba arreglando con la renuncia al hombre. Pero entonces llegó Ruggiero con sus años de menos y su familia de más, y se le vino abajo el tenderete.

Se lo encontró por las escaleras el mismo día que se mudaron, muy alto, atlético, con el pelo rubio y los ojos azules, imposible creer que era italiano (pero procedía del norte, de Milán). Le llamó la atención su mera guapeza, su sonrisa de niño un poco ajado (pero si él estaba ajado, entonces ella...); porque se había retirado de los hombres, pero no era ciega. A las pocas semanas empezó a coincidir con él en el autobús, siempre a las nueve de la mañana, cuando él iba a la delegación de su periódico y Ana a revisar la compra diaria hecha por su ayudante. Se sonreían, a veces se saludaban, en ocasiones caían cerca el uno del otro y entablaban pequeñas conversaciones amigables, a medias en italiano y a medias en español, chapurreos bienintencionados y divertidos, porque Ruggiero, pronto se dio cuenta Ana, tenía un gesticulante y agudo sentido del humor; y ella sentía debilidad por los tipos ingeniosos. Toda su vida se había enamorado de hombres muy graciosos que la habían hecho llorar.

Pasó un mes, y luego otro, y así hasta medio año; y para entonces Ana empezó a descubrirse unos extraños comportamientos matinales: a veces, lenta y alelada, deambulaba sin rumbo fijo por la casa durante largo rato; y a veces se aceleraba histéricamente, se atragantaba con el café, se le caían las cosas. Al fin no tuvo más remedio que reconocer que todo eso no eran sino mañas, maniobras horarias para llegar al autobús justo a las nueve y coincidir así con el vecino. Y, en efecto, él siempre se encontraba allí, o casi siempre. E incluso parecía buscarla. "He venido toda la semana a la misma hora, pero no estabas", le dijo una vez, tras un pequeño viaje de Ana a Londres. Ella era autosuficiente, ella era una mujer retirada del mercado, ella era un iceberg: pero empezaban a derretírsele las láminas de hielo. Cómo la miraba Ruggiero: con qué ojos de interés y de seducción. Y con qué pareja intensidad le contemplaba Ana. Los cristales del autobús siempre se empañaban en torno a ellos.

Hubieran podido seguir así durante mucho tiempo, llenando el mundo de vaho sin mayores consecuencias, de no ser por un pequeño movimiento que lo cambió todo. Un día, Ana le contó a Ruggiero que acababa de conectarse al correo electrónico; y él le envió, a la mañana siguiente, un breve mensaje: "Ciao, bienvenita a la Red, espero que te diviertas con este juguete". Por entonces, siendo novata como era, Ana ignoraba los efectos fatales del *e-mail:* lo digo en su descargo. Empezó a teclear carta tras carta sin darse cuenta del extraordinario sucedáneo de intimidad que el hilo cibernético iba creando. Porque el correo electrónico establece una comunicación inmaterial y limpia, instantánea, extracorpórea; es como lanzar al aire un pensamiento puro, sabiendo que alcanzará el cerebro del otro de inmediato. Es un espejismo telepático.

Si la pasión amorosa es siempre una invención, no hay como poner distancia con el objeto amado para convertirlo en algo irresistible. Quiero decir que el hecho de que Ruggiero fuera extranjero (ese idioma medio farfullado, esas frases que ella podía completar, traducir, ampliar en su cabeza) ya colaboraba activamente en la perdición de Ana; pero el *e-mail* vino a rematar la situación. Ella estaba más o menos preparada para defenderse de su propio deseo cuando se encontraba cara a cara con los hombres, pero no supo manejar al Ruggiero cibernauta; o, mejor dicho, no supo controlarse a sí misma cuando soñó a Ruggiero al otro lado del opaco silencio electrónico. Asomada a la dócil ventana de su ordenador, Ana inventaba palabras cada vez más atrevidas para un Ruggiero cada vez más inventado. "A veces, cuando estamos juntos en el autobús, tengo la tentación, siempre reprimida, de poner mi mano sobre tu pecho y sentir, a través de la tela de tu camisa, la firme tibieza de tu carne", le dijo un día, entrando en materia. La frase debió de impresionar a su vecino, porque, a la mañana siguiente, la miró de una manera extraña. Ese día el autobús iba muy lleno; ellos se habían quedado atrás, juntos y aplastados contra el cristal del fondo. Ruggiero siempre se bajaba cuatro paradas antes; y aquella mañana, cuando llegó a su destino, le besó, a modo de despedida, ambas mejillas; pero después titubeó un momento y se demoró un instante sobre los labios de ella. Apenas si fue un leve roce: esos calientes y desnudos labios de hombre, esa boca un poco entreabierta, esa fisura mínima, ese precipicio en donde todo empieza y todo termina.

Ana creyó que aquello era el comienzo, pero era el fin.

Galvanizada por ese aperitivo de lo carnal, fue cediendo más y más al espejismo amoroso y cibernauta, hasta perder pie completamente. Le enviaba ardorosas cartas electrónicas, sin querer advertir que él se iba arrugando más y más con sus embestidas verbales. Los mensajes de Ruggiero eran cada vez más breves, más secos, más tardíos. Pero ella no asumió como afrenta sus retrasos, ni su creciente austeridad expresiva: es pasmoso lo mucho que aguantamos, en el amor, cuando estamos dispuestos a mentirnos. Estará ocupado, tendrá mucho trabajo, es tímido, no puede expresarse bien en castellano, teme herirme, estos italianos del norte son como alemanes y no saben mostrar sus emociones, se consolaba ella. Pero no, de los teutones Ruggiero sólo tenía el color de su pelo; en lo demás era latino y jacarandoso y expresivo, y tan coqueto como un siciliano retinto. Por eso al principio hizo ojitos con Ana y sonrió con su cara irresistible de niño un poco ajado (pero entonces ella...); y fue luego, a medida que la desmesura de la necesidad de la mujer fue cayendo sobre él como gotas de plomo derretido, cuando se fue achicando. El amor es un juego de vasos comunicantes; y cuanta más presión apliques sobre el líquido emocional en este extremo, más se desbordará por el otro lado. A Ruggiero le daba miedo la pasión de Ana; y le inquietaba su situación, esa tópica soledad de persona sin pareja y sin hijos, ese desequilibrio frente a Johanna y los lindos niñitos; adónde voy, estaba diciéndose Ruggiero, en menudo lío me estoy metiendo.

De modo que a veces empezó a faltar a la cita del autobús de las nueve; y, cuando iba, los trayectos comenzaron a convertirse en algo embarazoso. Allí, a la cruda luz de la mañana, entre el sudor y el olor a sueño de los otros viajeros, zambullidos en la mera realidad, ya no sabían de qué hablar, cómo mirarse, qué hacer o qué decir; tanto los había sobrepasado, en su atrevimiento, la escritura y el ensueño cibernético. Es decir, la escritura de ella; porque Ruggiero hacía malabarismos con sus cartas para quedarse siempre en un perfecto limbo entre lo cariñoso y lo remoto, y nunca terminaba sus mensajes con nada más caliente ni más íntimo que un muy cauteloso "cuídate".

Y, mientras tanto, Ana proseguía su descenso a la total indignidad con las velas al viento.

Qué extraña enfermedad es la pasión. Desde niños llevamos en el ánimo un dolor, una herida sin nombre, una necesidad frenética de entregarnos al Otro. A ese Otro, que está dentro de nosotros y no es más que vacío, lo intentamos encontrar por todas partes: nos lo inventamos en nuestros compañeros de universidad, en el colega de trabajo, en nuestro vecino. Como Ana y Ruggiero. Ahora bien, cuando ese perfecto extraño no responde a nuestra necesidad y nuestra fabulación, entonces nos embarga la tristeza más honda y más elemental, esa desolación que Dios debió de crear en el Primer Día, tan antigua es y tan primordial. Desciende la melancolía del desamor sobre nosotros como una lluvia de muerte sólo comparable a la del Diluvio Universal; porque igual de tristes y de excluidos y de condenados a la no vida debieron de sentirse, cuando aquella hecatombe, todos los seres que no encontraron plaza en el Arca de Noé. Aupados a una última colina que en pocas horas también se anegaría, las criaturas no admitidas contemplarían con desgarradora nostalgia cómo se alejaba la barca salvadora, toda ella repleta de parejas. Las felices e inalcanzables parejas de los otros.

Ana también miraba cómo Ruggiero se iba apartando de ella acompañado de su mujer y sus hijos, de todas esas cosas que él tenía y con las que había llenado su Arca de Noé particular; y, mientras le veía desaparecer en el horizonte, ella iba cumpliendo una vez más todas las etapas habituales de la infamia. Por citar unas cuantas: rogó. Suplicó. Le juró que dejaría de escribirle. Se desdijo. Le juró que dejaría de quererle. Se desdijo otra vez. Si no había llegado para el autobús de las nueve, se esperaba hasta el de las nueve y media para ver si venía (aunque lloviera o tronara o granizara o soplara un vendaval insoportable). Incluso empezó a ir al autobús de las ocho y media, por si acaso él se levantaba antes (aunque soplara un vendaval insoportable o tronara o lloviera o granizara). Y además: cada vez que veía el nombre de Ruggiero en los buzones del portal le entraba taquicardia. Cada vez que oía o leía o veía algo relacionado con Italia le abrumaba el desconsuelo. Cada vez que caía un periódico en sus manos creía morir de añoranza aguda. Inventó platos seudoitalianos para homenajearle secretamente en la distancia: Provolone al Corriere della Sera, Espinacas Milanesas Rugientes; tanto los empleados del restaurante como los clientes estaban turulatos ante lo estrafalario de los actos de Ana. La gente no entendía, no podía saber que, por entonces, ella no tenía otro afán en la vida que el de embarcarse en el antiguo viaje, el único que en verdad merece la pena realizar, ese viaje que te conduce al otro a través del cuerpo. Porque no hay prodigio mayor en la existencia que la exploración primera de una piel que se añora y se desea. Conquistar el cuello del amado con la punta de los dedos, descubrir el olor de sus axilas, zambullirse en el deleite del ombligo, adentrarse en el secreto de esa boca entreabierta como quien se aventura en la inexplorada Isla del Tesoro.

De manera que Ana siguió haciendo el ridículo durante algunos meses.

Hasta que una madrugada, en un momento de lucidez, o quizá de hastío, o probablemente temiendo haberle hecho mala impresión con tantas quejas, le mandó una carta razonable a su vecino. Estoy contenta con mi vida, le venía a decir; no me importa que no hayas respondido a mis avances, se sugería entre líneas. Y terminaba, magnánima y airosa, enviándole un "casi amistoso beso". Ruggiero le contestó a la mañana siguiente, con una celeridad y una expresividad insólitas en él desde hacía mucho tiempo. Su carta, larga, locuaz, chistosa, estaba llena de alivio y de palabras afectuosas: "Qué bien que estás contenta, yo soy contento si tu estás feliz",

decía. Y al final se despedía con unos inespera-
dos "besos amistosos".

Ana hubiera querido matarle.

Fue la estocada final, la herida última; ella
había sobrellevado su creciente frialdad, su desa-
tención y sus retrasos, pero lo que ya no podía soportar era todo ese afecto equivocado. ¿De modo
que durante meses le había sido tan difícil escribir
en sus cartas una miserable expresión cariñosa (todos esos petrificados circunloquios del "cuídate")
y ahora era capaz de pasar, de la noche a la mañana y tan fácilmente, a los exuberantes besos amistosos? Pero, entonces, ¿no había sido timidez, no
había sido represión emocional, no había sido diferencia cultural, sino que simplemente nunca la
había mirado como Ana había querido que la mi-
rara? El rugiente Ruggiero no rugía para ella.

"Me mandas besos amistosos, y deduzco
por ello que a lo mejor pretendes ser mi amigo.
Pues lo siento mucho, Ruggiero, pero ya ves,
tengo amigos de sobra y ni necesito ni me interesa entablar una amistad con nadie más. O, por
lo menos, no tengo ningún interés en hacerlo
contigo. ¡Ah! Por cierto: cuídate." Este texto es-
cribió Ana, este texto envió como última carta
de su precaria historia.

Y a partir de entonces, muy furiosa y muy
digna, empezó a coger el autobús de las nueve y
media.

Amor ciego

Tengo cuarenta años, soy muy fea y estoy casada con un ciego.

Supongo que algunos se reirán al leer esto; no sé por qué, pero la fealdad en la mujer suele despertar gran chirigota. A otros la frase les parecerá incluso romántica: tal vez les traiga memorias de la infancia, de cuando los cuentos nos hablaban de la hermosura oculta de las almas. Y así, los sapos se convertían en príncipes al calor de nuestros besos, la Bella se enamoraba de la Bestia, el Patito Feo guardaba en su interior un deslumbrante cisne y hasta el monstruo del doctor Frankenstein era apreciado en toda su dulce humanidad por el invidente que no se asustaba de su aspecto. La ceguera, en fin, podía ser la llave hacia la auténtica belleza: sin ver, Homero veía más que los demás mortales. Y yo, fea de solemnidad, horrorosa del todo, podría haber encontrado en mi marido ciego al hombre sustancial capaz de adorar mis virtudes profundas.

Pues bien, todo eso es pura filfa.

En primer lugar, si eres tan fea como yo lo soy, fea hasta el frenesí, hasta lo admirable, hasta el punto de interrumpir las conversaciones de los bares cuando entro (tengo dos ojitos como dos botones a ambos lados de una vasta cabezota; el pelo color rata, tan escaso que deja entrever la línea gris del cráneo; la boca sin labios, diminuta, con unos dientecillos afilados de tiburón pequeño, y la nariz aplastada, como de púgil), nadie deposita nunca en ti, eso puedo jurarlo, el deseo y la voluntad de creer que tu interior es bello. De modo que en realidad nadie te ama nunca, porque el amor es justamente eso: un espasmo de nuestra imaginación por el cual creemos reconocer en el otro al príncipe azul o la princesa rosa. Escogemos al prójimo como quien escoge una percha, y sobre ella colgamos el invento de nuestros sueños. Y da la maldita casualidad de que la gente siempre tiende a buscar perchas bonitas. Da la cochina casualidad de que a las niñas lindas, por muy necias que sean, siempre se les intuye un interior emocionante. Mientras que nadie se molesta en suponer un alma hermosa en una mujer canija y cabezota con los ojos demasiado separados. A veces esta certidumbre que acompaña mi fealdad escuece como una herida abierta: no es que no me vean, es que no me imaginan.

En cuanto a mi marido, sin duda se casó conmigo porque es ciego. Pero no porque su defecto le hubiera enriquecido con una mayor sintonía espiritual, con una sensibilidad superior para amarme y entenderme, sino porque su incapacidad le colocaba en desventaja en el competitivo mercado conyugal. Él siempre supo que soy horrorosa, y eso siempre le resultó mortificante. Al principio no nos llevábamos tan mal: es listo, es capaz (trabaja como directivo de la ONCE) y cuando nos casamos, hace ya siete años, incluso fue dulce en ocasiones. Pero estaba convencido de haber tenido que cargar con una fea notoria por el simple hecho de ser invidente, y ese pensamiento se le pudrió dentro y le llenó de furia y de rencor. Yo también sabía que había cargado con un ciego porque soy medio monstrua, pero la situación nunca me sacó de quicio como a él, no sé bien por qué. Tal vez sea cosa de mi sexo, del tradicional masoquismo femenino que nos hace aguantar lo inaguantable bajo el espejismo de un final feliz; o tal vez sea que él, en la opacidad de su mirada, dejó desbocar su imaginación y me creyó aún más horrenda de lo que en realidad soy, la Fealdad Suprema, la Fealdad Absoluta e Insufrible retumbando de una manera ensordecedora en la oscuridad de su cerebro.

A decir verdad, con el tiempo yo me había ido acostumbrando o quizá resignando a lo que soy. Me tengo por una mujer inteligente, culta, profesionalmente competente. Soy abogada y miembro asociado en una compañía de seguros. Sé lo que mis compañeros dicen de mí a mis espaldas, las burlas, las bromas, los apodos: señora Quitahipos, la Ogra Mayor... Pero he tenido una carrera meteórica: que se fastidien. Empecé en el mundo de las pólizas desde abajo, como vendedora a domicilio. Con mi cara, nadie se atrevía a cerrarme la puerta en las narices: unos por conmiseración, como quien se reprime de maltratar al jorobado o al paralítico; y otros por fascinación, atrapados en la morbosa contemplación de un rostro tan difícil. Estos últimos eran mis mejores clientes; yo hablaba y hablaba mientras ellos me escrutaban mesmerizados, absortos en mis ojos pitarrosos (produzco más legañas que el ciudadano medio), y al final siempre firmaban el contrato sin discutir: la pura culpa que los corroía, culpa de mirarme y de disfrutarlo. Como si se hubieran permitido un placer prohibido, como si la fealdad fuera algo obsceno. O sea que el ser así me ayudó de algún modo en mi carrera.

Además de las virtudes ya mencionadas, tengo una comprensible mala leche que, bien manejada, pasa por ser un sentido del humor agudo y negro. De manera que suelo caer bien a la gente y tengo amigos. Siempre los tuve. Buenos amigos que me contaban, con los ojos en blanco, cuánto amaban a la tonta de turno sólo porque era mona. Pero este comportamiento lamentable es consustancial a los humanos: a decir verdad, incluso yo misma lo he practicado. Yo también he sentido temblar mi corazón ante un rostro hermoso, unas espaldas anchas, unas breves caderas. Y lo que más me fastidia no es que los hombres guapos me parezcan físicamente atractivos (esto sería una simple constatación objetiva), sino que al instante creo intuir en ellos los más delicados valores morales y psíquicos. El que un abdomen musculoso o unos labios sensuales te hagan deducir inmediatamente que su propietario es un ser delicado, caballeroso, generoso, tierno, valiente e inteligente, me resulta uno de los más grandes y estúpidos enigmas de la creación. Mi marido tiene un abdomen de atleta, unos buenos labios. Pero me besó con ellos y no me convertí en princesa, no dejé de ser sapo. Y él, en quien imaginé todo tipo de virtudes, se fue revelando como un ser violento y amargado.

No tengo espejos en mi casa. Mi marido no los necesita y yo los odio. Sí hay espejos, claro, en los servicios del despacho; y normalmente me lavo las manos con la cabeza gacha. He aprendido a mirarme sin verme en los cristales de las ventanas, en los escaparates de las tiendas, en los retrovisores de los coches, en los ojos de los demás. Vivimos en una sociedad llena de reflejos: a poco que te descuidas, en cualquier esquina te asalta tu propia imagen. En estas circunstancias, yo hice lo posible por olvidarme de mí. No me las apañaba del todo mal. Tenía un buen trabajo, buenos amigos, libros que leer, películas que ver. En cuanto a mi marido, nos odiábamos tranquilamente. La vida transcurría así, fría, lenta y tenaz como un río de mercurio. Sólo a veces, en algún atardecer particularmente hermoso, se me llenaba la garganta de una congoja insoportable, del dolor de todas las palabras nunca dichas, de toda la belleza nunca compartida, de todo el deseo de amor nunca puesto en práctica. Entonces mi mente se decía: jamás, jamás, jamás. Y en cada jamás me quería morir. Pero luego esas turbaciones agudas se pasaban, de la misma manera que se pasa un ataque de tos, uno de esos ataques furiosos que te ponen al borde de la asfixia, para desaparecer instantes después sin dejar más recuerdo que una carraspera y una furtiva lágrima. Además, sé bien que incluso a los guapos les entran ganas de morirse algunas veces.

Hace unos cuantos meses, sin embargo, empecé a sentir una rara inquietud. Era como si me encontrara en la antesala del dentista, y me hubiera llegado el turno, y estuviera esperando a que en cualquier momento se abriera la fatídica puerta y apareciera la enfermera diciendo: "Pase usted" (el símil viene al caso porque me sangran las encías y mis dientecillos de tiburón pequeño siempre me han planteado muchos problemas). Le hablé un día a Tomás de esta tribulación y esta congoja, y él dictaminó: "Ésa es la crisis de los cuarenta". Tal vez fuera eso, tal vez no. El caso es que a menudo me ponía a llorar por las noches sin ton ni son, y empecé a pensar que tenía que separarme de mi marido. No sólo me sentía fea, sino enferma.

Tomás era el auditor. Venía de Barcelona, tenía treinta y seis años, era bajito y atractivo y, para colmo, se acababa de divorciar. Su llegada revolucionó la oficina: era el más joven, el más guapo. Mi linda secretaria (que se llama Linda) perdió enseguida las entendederas por él. Empezó a quedarse en blanco durante horas, contemplando la esquina de la habitación con fijeza de autista. Se le caían los papeles, traspapelaba los contratos y dejaba las frases a medio musitar. Cuando Tomás aparecía por mi despacho, sus mejillas enrojecían violentamente y no atinaba a decir ni una palabra. Pero se ponía en pie y recorría atolondradamente la habitación de acá para allá, mostrando su palmito y meneando las bonitas caderas, la muy perra (toda bella, por muy tonta o tímida que sea, posee una formidable intuición de su belleza, una habilidad innata para lucirse). Yo asistía al espectáculo con curiosidad y cierto inevitable desagrado. No había dejado de advertir que Tomás venía mucho a vernos; primero con excusas relativas a su trabajo, después ya abiertamente, como si tan sólo quisiera charlar un ratito conmigo. A mí no me engañaba, por supuesto: estaba convencida de que Linda y él acabarían enroscados, desplomados el uno en el otro por la inevitable fuerza de gravedad de la guapeza.

Y eso me fastidiaba un poco, he de reconocerlo. Lo cual era un sentimiento absurdo, porque nunca aspiré a nada con Tomás. Sí, era sensible a sus dientes blancos y a sus ojos azules maliciosos y a los cortos rizos que se le amontonaban sobre el recio cogote y a sus manos esbeltas de dedos largos y al lunar en la comisura izquierda de su boca y a los dos pelillos que asomaban por la borda de la camisa cuando se aflojaba la corbata y a sus sólidas nalgas y al antebrazo musculoso que un día toqué inadvertidamente y a su olor de hombre y a sus ojeras y a sus orejas y a la anchura de sus muñecas e incluso a la ternura de su calva incipiente (como verán, me fijaba en él); era sensible a sus encantos, digo, pero nunca se me ocurrió la desmesura de creerle a mi alcance. Los feos feísimos somos como aquellos pobres que pueden admirar la belleza de un Rolls Royce aun a sabiendas de que nunca se van a subir en un automóvil semejante. Los feos feísimos somos como los mendigos de Dickens, que aplastaban las narices en las ventanas de las casas felices para atisbar el fulgor de la vida ajena. Ya sé que me estoy poniendo melodramática: antes no me permitía jamás la autoconmiseración y ahora desbordo. Debo de haberme perdonado. O quizá sea lo de la crisis de los cuarenta.

El caso es que un día Linda me pidió por favor por favor por favor que la ayudara. Quería que yo le diera mi opinión sobre el señor Vidaurra (o sea, sobre Tomás); porque como yo era tan buena psicóloga y tan sabia, y como Vidaurra venía tan a menudo a mi despacho... No necesité pedirle que se explicara: me bastó con poner una discreta cara de atención para que Linda volcase su corazón sobre la plaza pública. Ah, estaba muy enamoriscada de Tomás, y pensaba que a él le sucedía algo parecido; pero el hombre debía de ser muy indeciso o muy tímido y no había manera de que la cosa funcionara. Y que cómo veía yo la situación y qué le aconsejaba...

Tal vez piensen ustedes que ésta es una conversación insólita entre una secretaria y su jefa (recuerden que yo tengo que ganarme amigos de otro modo: y un método muy eficaz es saber escuchar), pero aún les va a parecer más rara mi respuesta. Porque le dije que sí, que estaba claro que a Tomás le gustaba; que lo que tenía que hacer era escribirle una carta de amor, una carta bonita; y que, como sabía que ella no se las apañaba bien con lo literario, estaba dispuesta a redactarle la carta yo misma. ¿Que cómo se me ocurrió tal barbaridad? Pues no sé, ya he dicho que soy leída y culta e incluso sensible bajo mi cabezota. Y pensé en el *Cyrano* y en probar a enamorar a un hombre con mis palabras. Quién sabe, quizá después de todo pudiera paladear siquiera un bocado de la gloria romántica. Quizá al cabo de los años Linda le dijera que fui yo. Así que me pasé dos días escribiendo tres folios hermosos; y luego Linda los copió con su letra y se los dio.

Eso fue un jueves. El viernes Tomás no vino, y el sábado por la tarde me llamó a mi casa: perdona que te moleste en fin de semana, ayer estuve enfermo, tengo que hacerte una consulta urgente de trabajo, me gustaría ir a verte. Era a principios de verano y mi marido estaba escuchando música sentado en la terraza. Ese día no nos hablábamos, no recuerdo ya por qué; le fui a decir que venía un compañero del trabajo y no se dignó contestarme. Yo tengo una voz bonita; tengo una voz rica y redonda, digna de otra garganta y otro cuello. Pero cuando me enfadaba con mi marido, cuando nos esforzábamos en odiarnos todo el día, el tono se me ponía pitudo y desagradable. Hasta eso me arrebataba por entonces el ciego: me robaba mi voz, mi único tesoro.

Así que cuando llegó Tomás yo no hacía más que carraspear. Nos sentamos en el sofá de la sala, saqué café y pastas, hablamos de un par de naderías. Al cabo me dijo que Linda le había mandado una carta muy especial y que no sabía qué hacer, que me pedía consejo. Yo me esponjé de orgullo, descrucé las piernas, tosí un poco, me limpié una legaña disimuladamente con la punta de la servilleta. ¿Una carta muy especial?, repetí con rico paladeo. Sí, dijo él, una carta de amor, algo muy embarazoso, una niñería, si vieras la pobre qué cosas decía, tan adolescentes, tan cursis, tan idiotas; pero es que la pobre Linda tiene la mentalidad de una cría, es una inocente, una panoli, no toda una mujer, como tú eres.

Me quedé sin aliento: ¿mi carta una niñería? Enrojecí: cómo no me había imaginado que esto iba a pasar, cómo no me había dado cuenta antes, medio monstrua de mí, tan poco vivida en ese registro, tan poco amante, tan poco amada, virginal aún de corazón. La carta me había delatado, había desvelado mi inmadurez y mi ridícula tragedia: porque el dolor de amor suele resultar ridículo ante los ojos de los demás.

Pero no. Tomás no sabía que fui yo, Tomás no me creía capaz de una puerilidad de tal calibre, Tomás me había puesto una mano sobre el muslo y sonreía.

Repito: Tomás me había puesto una mano sobre el muslo.

Y sonreía, mirándome a los ojos como nunca soñé con ser mirada. Su mano era seca, tibia, suave. La mantenía abierta, con la palma hacia abajo, su carne sobre mi carne toda quieta. O más bien su carne sobre mis medias de farmacia contra las varices (aunque eran unas medias bastante bonitas, pese a todo). Entonces Tomás lanzó una ojeada al balcón: allí, al otro lado del cristal, pero apenas a cuatro metros de distancia, estaba mi marido de frente hacia nosotros, contemplándonos fijamente con sus ojos vacíos. Sin dejar de mirarle, Tomás arrastró suavemente su mano hacia arriba: la punta de sus dedos se metió por debajo del ruedo de mi falda. Yo era una tierra inexplorada de carne sensible. Me sorprendió descubrir el ignorado protagonismo de mis ingles, la furia de mi abdomen, la extrema voracidad de mi cintura. Por no hablar de esas suaves cavernas en donde todas las mujeres somos iguales (allí yo no era fea).

Hicimos el amor en el sofá, en silencio, sorbiendo los jadeos entre dientes. Sé bien que gran parte de su excitación residía en la presencia de mi marido, en sus ojos que nos veían sin ver, en el peligro y la perversidad de la situación. Todas las demás veces, porque hubo muchas otras, Tomás siempre buscó que cayera sobre nosotros esa mirada ciega; y cuando me ensartaba se volvía hacia él, hacia mi marido, y le contemplaba con cara de loco (el placer es así, te pone una expresión exorbitada). De modo que en sus brazos yo pasé en un santiamén de ser casi una virgen a ser considerablemente depravada. A gozar de la morbosa paradoja de un mirón que no mira.

Pero a decir verdad lo que a mí más me encendía no era la presencia de mi marido, sino la de mi amante. La palabra amante viene de amar, es el sujeto de la acción, aquel que ama y que desea; y lo asombroso, lo soberbio, lo inconcebible, es que al fin era *yo* el objeto de ese verbo extranjero, de esa palabra ajena en mi existencia. Yo era la amada y la deseada, yo la reina de esos instantes de obcecación y gloria, yo la dueña, durante la eternidad de unos minutos, de los dientes blancos de Tomás y de sus ojos azules maliciosos y de los cortos rizos que se le amontonaban sobre el recio cogote y de sus manos esbeltas de dedos largos y del lunar en la comisura izquierda de su boca y de los dos pelillos que asomaban por la borda de la camisa cuando se aflojaba la corbata (cuando yo se la arrancaba) y de sus sólidas nalgas y del antebrazo musculoso y de su olor de hombre y de sus ojeras y sus orejas y la anchura de sus muñecas e incluso de la ternura de su calva incipiente. Todo mío.

Pasaron las semanas y nosotros nos seguimos amando día tras día mientras mi marido escuchaba su concierto vespertino en la terraza. Al fin Tomás terminó su auditoría y tuvo que regresar a Barcelona. Nos despedimos una tarde con una intensidad carnal rayana en lo feroz, y luego, ya en la puerta, Tomás acarició mis insípidas mejillas y dijo que me echaría de menos. Y yo sé que es verdad. Así que derramé unas cuantas lágrimas y alguna que otra legaña mientras le veía bajar las escaleras, más por entusiasmo melodramático ante la escena que por un dolor auténtico ante su pérdida. Porque sé bien que la belleza es forzosamente efímera, y que teníamos que acabar antes o después con nuestra relación para que se mantuviera siempre hermosa. Aparte de que se acercaba el otoño y después vendría el invierno y mi marido ya no podría seguir saliendo a la terraza: y siempre sospeché que, sin su mirada, Tomás no me veía.

Tal vez piensen que soy una criatura patética, lo cual no me importa lo más mínimo: es un prejuicio de ignorantes al que ya estoy acostumbrada. Tal vez crean que mi historia de amor con Tomás no fue hermosa, sino sórdida y siniestra. Pero yo no veo ninguna diferencia entre nuestra pasión y la de los demás. ¿Que Tomás necesitaba para amarme la presencia fantasmal de mi marido? Desde luego; pero ¿no acarrean también los demás sus propios y secretos fantasmas a la cama? ¿Con quién nos acostamos todos nosotros cuando nos acostamos con nuestra pareja? Admito, por lo tanto, que Tomás me imaginó; pero lo mismo hizo Romeo al imaginar a su Julieta. Nunca podré agradecerle lo bastante a Tomás que se tomara el trabajo de inventarme.

Desde esta historia clandestina, mi vida conyugal marcha mucho mejor. Supongo que mi marido intuyó algo: mientras vino Tomás siguió saliendo cada tarde a la terraza, aunque el verano avanzaba y en el balcón hacía un calor achicharrante; y allí permanecía, congestionado y sudoroso, mientras mi amante y yo nos devorábamos. Ahora mi marido está moreno y guapo de ese sol implacable del balcón; y me trata con deferencia, con interés, con coquetería, como si el deseo del otro (seguro que lo sabe, seguro que lo supo) hubiera encendido su propio deseo y el convencimiento de que yo valgo algo, y de que, por lo tanto, también lo vale él. Y como él se siente valioso y piensa que vale la pena quererme, yo he empezado a apreciar mi propia valía y por lo tanto a valorarlo a él. No sé si me siguen: es un juego de espejos. Pero me parece que he desatado un viejo nudo.

Ahora sigo siendo igual de medio monstrua, pero tengo recuerdos, memorias de la belleza que me amansan. Además, ya no se me crispa el tono casi nunca, de modo que puedo alardear de mi buena voz: el mejor atributo para que mi ciego me disfrute. ¿Quién habló de perversión? Cuando me encontraba reflejada en los ojos de Tomás, cuando me veía construida en su deseo, yo era por completo inocente. Porque uno siempre es inocente cuando ama, siempre regresa a la misma edad emocional, al umbral de la eterna adolescencia. Pura y hermosa fui porque deseé y me desearon. El amor es una mentira, pero funciona.

Otros títulos de la colección

Vagabundo en África
Javier Reverte

Memorias de una geisha
Arthur Golden

El Halcón
Yaşar Kemal

Las Nueve Revelaciones
James Redfield

El otro barrio
Elvira Lindo

El hombre terminal
Michael Crichton

Nosotras que nos queremos tanto
Marcela Serrano

Entrevista con el vampiro
Anne Rice

Misión a Marte
Devra Newberger Speregen